海南漂船

해남편참

해남별참 5

사초 新무협 판타지 소설

초판 1쇄 찍은 날 § 2007년 5월 29일
초판 1쇄 펴낸 날 § 2007년 6월 9일

지은이 § 사초
펴낸이 § 서경석

편집장 § 문혜영
편집책임 § 서지현
편집 § 심재영

펴낸곳 § 도서출판 청어람
등록번호 § 제1081-1-89호
등록일자 § 1999. 5. 31
어람번호 § 제2-1214호

주소 § 경기도 부천시 원미구 심곡1동 350-1 남성B/D 3F (우) 420-011
전화 § 032-656-4452 팩스 § 032-656-4453
http://www.chungeoram.com
E-mail § eoram99@chollian.net

ISBN 978-89-251-0724-0 04810
ISBN 89-251-0363-X (세트)

사조 新무협 판타지 소설

5

번참(繁斬)

[완결]

海南繁斬

Fantastic Oriental Heroes

해남번참

도서출판 청어람

第二十二章

사자금웅(獅子禽雄)

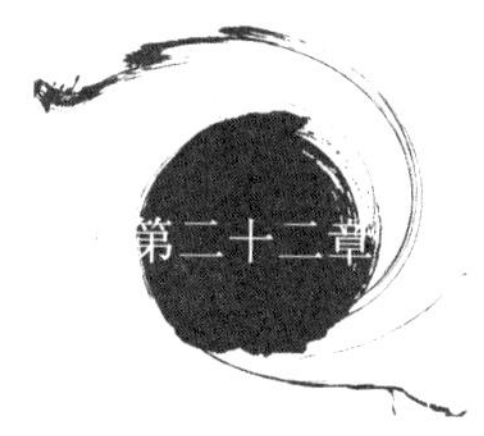

무섭게 떨어지는 빗물 사이로 사내가 걷고 있다. 성난 사자처럼 봉두난발의 머리에 눈 아래로 축 처진 그림자는 피로의 무게가 추가되어 검게 매달려 있는 것 같았다.

사내는 비틀거리는 발걸음을 천천히 움직이고 있다. 하염없이 토해지는 회색 구름 아래 굳어져 버린 사내의 안구는 썩은 생선의 그것과 같았다.

비가 너무 많이 내렸기 때문일까? 아니면 사내의 피로가 전염이 될 것 같아서일까? 그의 주위로는 단 하나의 인기척조차 느껴지지 않았다.

달칵!

이제는 그 이름조차 알 수 없을 정도로 닳아버린 현판. 활처럼 휘어버린 허리를 한 사내가 객잔의 문을 비집고 들어갔다.

퍽!

순간의 번뜩임. 순식간에 수십 번은 될 듯한 폭발이 사내의 안구 위로 떠올랐다가 사라졌다.

데구루루!

사내의 몸이 질퍽한 진흙 위를 굴렀다. 문틈 새로는 어린아이 머리만 한 주먹이 드러났다가 한마디 말을 흘리며 슬며시 사라졌다.

"거지새낀 꺼져 버려."

무공을 익힌 자만의 특유의 기운은 느껴지지 않았지만, 단한 번에 눈치 챌 수 있을 정도로 짙은 살기를 머금고 있었다.

주먹 뒤에서 들려오는 목소리에 사내가 꿈틀거렸지만, 그것이 끝이었다. 사내는 진흙 속에 머리를 처박은 채 움직이지 않았다. 문틈 새로 보인 주먹이 조금 크다 싶었지만, 그 어떤 내기도 들어 있지 않은 듯 보여 몸 어디가 크게 다친 듯싶었다.

사내는 움직이지 않았다.

아니, 움직일 수 없었다.

'나는…… 어디까지 추락해 버린 걸까?'

작은 흐느낌이 사내의 성대를 타고 흘러나오기 시작했다.

끼이익.

그때 작은 소리와 함께 객잔의 문이 열렸다. 문틈으로 매우 익숙한 사내들이 모습을 드러냈다.

*　　　*　　　*

감숙의 대설산(大雪山).

진산과 그 일행이 묵묵히 발걸음을 옮기고 있었다. 묵룡쌍괴의 치료 때문인지 불사인과 흑삼명이 말을 몰고 있었다. 다섯 번째 악인인 사자금웅이 있는 곳으로 향하는 동안 그들은 그동안의 회포를 푸는 듯 많은 이야기를 나누었지만, 현재 그들은 더 이상 입을 열지 않았다. 그것은 암룡대의 대장인 강석주나 대원들 역시 마찬가지였다.

임무의 마지막이었기 때문일까? 의미 모를 침묵이 일행의 주위를 감싸고 있었다.

대설산 인근에는 이름없는 작은 마을이 하나 있었다. 약초꾼들과 사냥꾼들이 이룬 마을로, 잔치라도 연 듯 시끌벅적했다. 마을 전체는 가난했지만, 곳곳에서 웃음소리가 떠나질 않았다. 막 힘겨운 산행을 마치고 온 이들이었기에 활발한 분위기는 좀처럼 죽지 않았다.

현판조차 걸리지 않은, 마을의 단 하나뿐인 객잔에 일행은 짐을 풀었다. 서른 마리가 넘는 말로 작은 객잔이 가득 찼다.

“사자금웅은 대설산 중턱에서 작은 오두막을 짓고 산다고 하는군요.”

진산이 만목상에게서 받은 서류를 오대악인과 암룡대에게 건네며 말했다. 혈두선인이 서류를 한 번씩 훑어보더니 입을 열었다.

“막내 녀석을 오랜만에 보는군요. 워낙 호전적인 녀석이라 순순히 당신을 따라올 거라는 생각이 들지 않습니다.”

“하긴, 막내 녀석이라면 오히려 주먹부터 날리겠지.”

혈두선인의 말에 뒤이어 흑삼명이 중얼거렸다.

암룡대 역시 고개를 주억거렸다. 오대악인 중 다섯째인 사자금웅의 성격은 제법 소문이 나 있었다. 오대악인 중 첫째인 혈두선인과 동수를 이룰 정도로 강한 무공에 호전적인 성격으로 강자만 보면 무조건 한 번 붙어본다고 했다. 사자금웅의 악명은 그의 손에 죽은 고수들 때문에 생긴 것일 정도였다.

“오히려 순순히 따라온다면 곤란합니다.”

진산이 싱긋 미소를 지으며 말했다.

검법은 거의 완성되었다. 그의 검법은 십성 수준. 완벽하게 익혔다고 할 수 있지만, 그 이상의 것을 끌어낼 수는 없었다. 십이성, 흔히들 말하는 대성의 경지에는 아직 미흡했다.

마교의 교주 동방제는 강하다. 마교의 모든 마공을 대성했으며, 그의 발아래에는 고수가 해변의 모래알처럼 많다. 그런 이들을 상대하려면 그는 조금 더 강해질 필요가 있었다.

사자금웅은 그런 그의 바람을 들어줄 수 있을 것이라고 진산은 확신했다.

"그럼 오늘은 쉬고 내일 일찍 올라가죠."

진산은 부드러운 말투로 일행에게 말했다. 하나 그러한 말투에 비해 억양은 상당히 강압적이었다. 그가 하는 존댓말은 일종의 여유와 같은 것이었다.

오대악인이나 암룡대는 그런 그의 태도에 아무런 반박도 하지 않았다. 그의 힘을 이미 충분히 견식한 이들이었다. 오대악인은 물론이거니와, 암룡대 역시 진산의 무위가 교주와 필적할 정도라는 인식을 지울 수 없었다.

강자를 숭배하는 마교에서 손댈 수 없을 정도의 강함은 곧 정의다. 피붙이 같던 대원들의 부상으로 그토록 반발했던 강석주조차 더 이상 그에 대한 복수를 꿈꾸지 못했다.

간단히 저녁을 먹은 그들은 각자의 방으로 들어갔다.

오대악인 넷은 한 방에 들어가 다른 이들의 이목 때문에 하지 못했던 이야기를 꺼내기 시작했다.

"형님이 보시기에 이번 일은 어떻습니까?"

묵룡쌍괴가 혈두선인을 바라보며 물었다. 그는 본직이 의원이었다. 사람의 몸을 째고 봉합하기를 몇 년. 우연하게 얻은 심득으로 지금의 악명과 무공을 손에 넣은 자다. 태생부터 무인이 아니었기에 그는 마교에 대한 거리낌이라든지 동서로 양분된 무림에 대한 생각이 자유로운 편이었다.

그것은 혈두선인과 그다지 다르지 않았다. 그는 어린 시절부터 산골에서 홀로 무공을 익혔기에 무림에 대해 편파적인 시각을 가지고 있지 않았다. 그리고 그는 무림에서 악인이라 불리는 것과 달리 매우 선한 인격을 가진 자였다. 만약 그란 존재가 없었더라면 오대악인은 악인보다는 마신이나 마귀라는 이름을 얻었을 것이다.

묵룡쌍괴의 질문에 혈두선인의 입이 조금씩 열려갔다.

"진산이라는 인물은 매우 위험한 자다. 처음 그에 대한 소문을 들었을 때, 단순히 미쳐 버린 마두라 생각했다."

악귀의 흉흉한 명성들은 해남파뿐만 아니라 중원에서까지 이어졌다. 해남파가 워낙이 고립된 곳이라 정보가 새나가는 것은 아니었지만, 오대악인의 수좌인 혈두선인의 귀를 가릴 정도는 아니었다.

아무런 이유도 없이 사람을 생으로 찢어내고 무자비한 살육을 감행하는 귀신 같은 행동은 그로서는 쉬이 묵과할 수 없는 일이었다.

"하나 그를 만나고 난 뒤에는 생각이 조금 바뀌었지. 그는 광마가 아닌 책사였어. 구제할 수 없는 해남도의 마두들에게 공포라는 것을 심어주고, 또 그것을 이용하여 하나의 힘으로 모았지. 물론 그 뒤에 해남파의 문주라는 천재적인 모사가 있었지만, 그것이 아니더라도 그는 해남도를 하나로 묶는 일이 어렵지 않았을 것이야."

그렇게 진산에 대해 이야기하던 혈두선인의 머릿속에는 과거 동의맹을 이끌었던 존재가 떠올랐다. 일검일도의 고수로, 특별한 초식을 가지고 있지 않은 채 상대방의 무공을 단번에 파악하여 약점을 공략하던 무시무시한 고수가.

'지금 생각해 보면 그와 진산의 외모가 매우 흡사하군.'

하나 일검일도의 고수는 물론, 그의 가문까지도 사라졌다. 동서를 평화로써 합치려 했던 그는 오히려 반역자로까지 몰려 지옥 같은 업화의 불길 속에서 모든 것을 잃고 고문 끝에 숨을 거두었다고 한다. 그의 가족 역시 그 거침없는 불길에 모두 숨을 거두었다고 하니, 그저 닮은 사람이라고밖에 생각할 수 없었다.

혈두선인이 다시 입을 열었다.

"지금의 그를 보면 차라리 미쳐 버린 마두가 낫다는 생각까지 들 정도다. 그 거칠던 무공은 더욱더 견고하게 압축되어 우리의 경지를 훨씬 상회하고 있고, 심계는 한층 더 깊어졌다."

게다가 그에게는 일당백의 힘을 가진 무사들로 이루어져 있는 해남파까지 존재했다. 만약 그가 흑심을 품는다면 무림은 단숨에 여러 갈래로 쪼개지고 말 것이다. 이는 최근에 일어난 동의맹과 사련의 전투에서만 봐도 알 수 있었다.

지금까지 전쟁에서 단 한 번의 패배가 없는 해남파의 무인들은 이미 무림에서 팔대문파나 오대세가를 뛰어넘는 신성으로서 평가받는다.

현재 마교에 들어간 진산이었지만, 현재 교주의 무위에 근접한 진산이 어떻게 나올지는 미지수였다.

“그렇다면 저희는 마교에서 누구를 따라야 하는 것입니까? 제 머리 위에 누군가를 얹힌다는 것이 조금 껄끄럽기야 하지만, 무림에서 ‘왕’ 이라고 불리는 존재라면야…….”

‘별수 없죠’ 라고 작게 중얼거리는 흑삼명의 말에 다른 오대악인 셋은 긴 신음을 토해냈다. 그들은 구룡이라 불리는 무림의 절대자들이었다. 그만큼 누구보다 자존심도 강했다. 죽음이나 어지간한 폭력 따위에 굴할 이들이 아니었다. 그러나 그들 또한 하나의 인간일 뿐이니 자신들보다 더욱 큰 강함 앞에서는 무력해질 수밖에 없었다. 더욱이 그들이 강직한 성격의 무가 계열 태생이 아니었기에 때로는 굽힐 줄도 알았다.

정체가 불분명한 일성의 경우는 몰라도 그 이름만으로도 하나의 세력을 대표하는 삼왕의 존재라면 충분히 그들이 무릎 꿇을 명분이 있었다.

“마왕과 귀왕을 비교하자면…… 나는 귀왕 쪽에 서고 싶구나.”

“형님, 진산보다는 마왕이 우리를 더 비호해 주지 않을까요?”

혈두선인의 말에 흑삼명이 물었다. 확실히 중원에 우뚝 선 두 명의 왕좌는 그 누구도 침해할 수 없는 공간이었다. 반면 세 번째 왕좌, 귀왕의 존재는 혈두선인의 입을 통해서 급조된 것뿐이니 마왕이나 검왕에 비한다면 너무도 나약했다.

흑삼명의 의문을 알고 있다는 듯 혈두선인은 다시 입을 열었다.

"마왕은 분명 강하다. 진산이 마교의 일을 돕는 것을 보아 이미 교주에게 당했을지도 모르지. 그러나 그것은 과거의 일일 뿐, 현재 그는 마왕을 뛰어넘을 준비를 마쳤다."

혈두선인이 단호하게 말했다. 그가 오랜 시간을 공부했던 것의 보답이라도 해주듯, 그의 눈에는 진산이 현재 어떤 경지를 향해 가는지 뚜렷이 보였다. 비록 그 길을 자신은 갈 수 없었지만, 다른 이가 가는 것을 목격하는 것만으로도 무인으로서는 무한한 기쁨이었다.

"형님의 말씀이시라면……."

흑삼명이 고개를 숙이며 답했다. 사실 그는 누구의 편이 되든 상관이 없었다. 어차피 그들이 누군가의 밑으로 들어간다면 구룡 중 여섯 마리의 용이 한자리에 모이는 결과가 된다. 그들은 그 존재 자체로도 어떤 세력이 덤비더라도 부서지지 않는 거대한 힘을 가지는 것이다.

마왕이 제아무리 강하다고 해도 진산과 더불어 다섯 악인이 손을 모으면 어찌하지 못할 것이다.

그들은 가볍게 결론을 내리고 침상 위로 몸을 뉘었다.

창문 틈새로 떨어지는 별빛이 유난히도 밝았다.

*　　　　*　　　　*

어둠이 무겁게 깔린 방 안에 두 개의 시커먼 눈동자가 달빛
에 받아 번들거리고 있었다. 파충류의 그것처럼 어둠 속에서
번쩍이는 눈동자는 기괴함을 넘어 공포감마저 조성했다.

우웅―!

깊고도 낮은 울림이 방 안을 가볍게 울렸다. 순간 눈동자
주위로 검은 윤곽들이 드러났다. 잿빛 구름이 그림자의 몸을
빠져나와 순식간에 어둠과 융화하기 시작했다.

뭉게뭉게 피어오르는 연기가 일각도 채 지나지 않아 방 안
을 가득 채우고, 그림자도 영롱하게 비춰지는 달빛도 모두 삼
켜 버리고 말았다.

"후웁―!"

연기 틈 속에서 호흡 소리가 들렸다.

후우웅―!

순식간에 연기가 한곳으로 빨려 들어가기 시작했다. 연기
가 조금씩 사라지고 주위의 어둠이 잠시간 사라져 있다가 다
시금 스멀스멀 몰려들기 시작했다. 달빛조차 창틀에서 맴돌
다가 어둠을 잘라내기 시작했다.

방 안에 가득한 가구 따위들은 모조리 소멸한 뒤였다. 단지
사내 진산만이 팔짱을 낀 채 홀로 서 있을 뿐이었다.

"성공이군."

씨익―!

그의 입가에 짙은 미소가 맺혔다.

*　　　*　　　*

이것은 꿈일 것이다.

그것도 지지리도 나쁜 꿈…….

차라리 산에 먼저 올라가는 것이 나았을지도 몰랐다. 비가 하염없이 쏟아지기에 사자금웅이 있는 산을 오르는 시간을 조금 늦춘 것이 이런 절망적인 상황을 만들었다.

밖에는 비가 무수히 쏟아지고 있었다. 객잔 안에는 비 때문에 산을 오르지 못한 약초꾼과 사냥꾼들로 가득했다.

그런 그들 사이로 혈두선인을 비롯한 오대악인들은 자신의 눈을 믿을 수 없어하고 있었다. 사자금웅이 있는 곳을 찾아 산을 오르려던 그들은 산을 오르기 전 이 객잔 앞에서 그를 만난 것이다.

가장 절망적이고, 가장 최악의 상황에 처한 그를…….

점소이에게 쫓겨난 그가 바닥을 뒹굴고 있었다. 며칠을 씻지 못했는지 퀴퀴한 냄새가 그의 몸에서 퍼져 나왔다.

불사인, 흑삼명, 묵룡쌍괴까지 기를 끌어올리며 객잔을 향해 걸어가는 것을 혈두선인이 막아섰다.

"형님!"

셋은 배신감을 느낀 것처럼 한목소리로 외쳤다. 하나 그들을 가로막는 혈두선인의 얼굴도 그리 좋지 못했다. 비록 악인이라 해도 매우 아끼는 아우였기 때문이다.

하나 그의 시선이 누군가를 향해 있었다. 오대악인 중 셋은 혈두선인의 시선을 따라갔다.

그는, 진산은 팔짱을 낀 채 사자금웅을 바라보고 있었다. 그의 눈은 매우 날카로워 검이었다면 당장이라도 상대를 도륙했을 것만 같은 빛을 내고 있었다.

그리고 잠시 뒤 그의 얼굴이 찌푸려졌다. 실망한 것을 노골적으로 표현하는 것이다. 자신의 무공이 완성됨을 사자금웅을 통해 시험해 보려던 것이 산산이 깨져 버린 것이다.

진산이 사자금웅을 향해 발걸음을 옮겼다. 사자금웅은 그가 만목상에게서 받은 그림과 상당히 많이 달라졌다. 우람한 근육은 모두 사라져 삐삐 말랐고, 사자의 갈기처럼 풍성하던 머리는 군데군데 빠져 기괴함마저 느끼게 했다.

퀭하니 패인 그의 눈동자가 진산과 그 일행을 향했다.

"아, 아아……."

사자금웅은 진산이 아닌 그 뒤에서 다가오는 오대악인을 보고 그동안의 모든 감정이 담긴 신음을 흘려냈다.

비틀비틀 촛불처럼 흔들리는 발걸음으로 사자금웅은 오대악인을 향해 걸어가기 시작했다.

턱!

진산의 검이 사자금웅의 앞을 막았다.

사자금웅은 어처구니가 없었다. 지금은 폐인이 되었지만 과거 오대악인, 중원무림을 대표하는 구룡이라 불렸던 자신이다. 비록 현재 자신은 점소이에게조차 맞고 살지만, 다른 형제들이 찾아온 이상 더 이상 굴욕은 없을 거라 생각했다.

"무슨 짓이냐?"

사자금웅은 그 초췌한 모습과 달리 어렴풋이 과거의 위엄을 담아 진산에게 말했다. 스물다섯 정도로밖에 보이지 않는 진산을 대하는 사자금웅의 태도는 당당했다. 자신의 형제들의 얼굴이 창백해지는 것조차 눈치 채지 못할 정도로 그는 형제들과의 만남에 들떠 있었다.

자신의 말에도 진산이 멈춰 선 채 가만히 있자, 그의 검을 손으로 가볍게 밀어냈다.

아니, 그는 밀어내려 했을 뿐이었다.

주르륵!

진산의 검이 땅을 가볍게 스치고 빙글 돌아갔다.

스윽! 하곤 검이 부드럽게 객잔의 벽을 긁고 사자금웅의 뒷목에 살짝 걸쳐졌다.

사자금웅의 목이 잔뜩 움츠려졌다. 겁을 먹었다기보다는 뒷목에서 느껴지는 시린 기운에 저도 모르게 몸이 반응한 것이다.

쩌어억!

그의 반응과는 달리 한 박자 늦게 객잔이 비명을 지르기 시작했다. 그의 검을 따라 객잔에 커다란 금이 갔다.

우르르─

객잔은 비명을 지르며 천천히 무너져 내렸다. 그동안 오대악인과 암룡대는 재빨리 신형을 날려 밖으로 나갔고, 다른 이들도 허겁지겁 뛰쳐나갔다.

그때 사자금웅은 경악한 눈동자로 진산을 바라보았다.

과거 자신도 마음만 먹으면 건물 하나 부수는 것은 일도 아니었다. 그가 익힌 것은 패도의 무공이었다. 강한 힘을 바탕으로 했기에 객잔 건물을 무너뜨릴 때 어떤 힘을 가해야 하는지 알고 있다.

그러나 진산의 것과는 사뭇 달랐다. 그의 검이 움직인 후 시간이 지나서야 객잔이 비명을 질렀다.

진산의 검이 매우 빨랐던 것이다. 그리고 객잔을 단숨에 잘라낼 정도로 그의 검이 뿜어낸 기운이 강하고도 예리했다는 증거였다. 사자금웅은 자신의 전성기 때도 그만한 무위를 숨 한 번 거칠어지지 않고 펼칠 수 있었을지 생각해 보았다.

'무리다.'

진산은 이미 절정을 뛰어넘어 가고 있었다. 초절정이라고는 할 수 없었지만, 그의 무위는 절정 상위에 머무르는 오대악인들보다도 강한 무공을 가지고 있었다.

사자금웅이 조심스레 입을 열었다. 과거의 그라면 무공 고하에 신경 쓰지 않고 성질대로 나섰겠지만 무공을 잃은 뒤 그는 많이 심약해져 있었다.

"당신은 누구십니까?"

"진산."

진산은 가볍게 대답하고는 손을 뻗었다. 그의 손은 무공을 잃은 사자금웅이 감히 대응할 수 있는 것이 아니었다. 아니, 무공을 잃기 전이라도 그에게서 벗어나는 것은 불가했을 것이다.

그의 목덜미를 잡은 진산은 신형을 띄웠다. 툭! 하고 땅을 차 오른 것 같은데 그의 몸은 순식간에 허공으로 치솟았다. 엿가락처럼 늘어나며 사라지는 진산을 보고 놀란 오대악인과 암룡대가 내공을 끌어올리며 바닥을 찼다.

쿵!

무거운 소리가 터지며 일련의 무리가 진산을 쫓기 시작했다.

진산은 마을을 지나 설산을 한참이나 오른 뒤에서야 멈추었다. 그의 눈에 비를 피할 만한 작은 굴이 들어왔다. 그는 지체하지 않고 바로 굴 안으로 들어섰다.

털썩!

진산이 사자금웅을 굴 깊숙한 곳으로 던져 버렸다. 사자금웅은 연신 바닥을 데굴데굴 굴렀다.

'설마했는데…….'

진산의 얼굴에는 실망한 기색이 역력했다. 객잔에서의 상황에서 사자금웅이 무공을 잃었다는, 폐인이 된 것을 느꼈다. 하나 다른 오대악인도 자신의 무공을 최대한 숨긴 채 은거하고 있었으니 사자금웅도 그러할 거라 생각했다.

그러나 진산은 그를 잡고 산을 오르는 동안 사자금웅의 상태가 거짓이 아님이 알 수 있게 되었다.

"무공을 잃었군."

진산이 차갑게 말해다.

하나 그뿐이랴? 사자금웅은 손발의 근맥이 뎅겅 잘렸다는 사실을 숨겼다. 자신의 치욕스런 부분을 더 이상 말할 필요가 없었다.

타닥!

굴 밖에서 사람들의 발소리가 들렸다. 진산의 뒤를 따라온 오대악인과 암룡대였다.

"……."

오대악인은 말없이 사자금웅을 향해 다가왔다. 그것을 진산도 굳이 막지 않았다. 암룡대는 뒤에서 그저 그들을 바라보기만 했다. 그들로서는 나설 수 없는 상황이었다.

혈두선인이 떨리는 손으로 사자금웅의 맥을 짚었다. 사자금웅이 자신의 실력을 숨기고 위장한 것이라 생각했다. 아니, 생각하고 싶었다. 그러나 혈두선인은 곧 거짓이라 믿고 싶었던 사실을 깨닫게 되었다.

사자금웅의 안색도 더불어 안 좋아졌다.

오대악인들의 얼굴이 모두 어두워지기 시작했다.

진산이 그들이 마음을 추스르기도 전에 입을 열었다.

"따라와라."

등을 휙 돌리고 밖으로 나가는 진산을 막은 것은 강석주였다. 그는 오대악인을 포획하는 임무를 수행하며 진산의 진면목을 보기도 했고, 또 오대악인이라는 고수와 제법 친분을 쌓기도 했다.

절정의 끝에 도달한 이들의 전투. 이번 임무에서 무인으로서 그와 암룡대가 얻은 매우 컸다.

하나 강석주가 그렇다고 하여 과거 자신의 수하들을 다치게 한 일을 잊을 리 없었다. 비록 복수는 할 수 없었지만, 그와 좋은 관계를 유지하기는 힘들 것이다. 반면, 오대악인과는 함께 움직이며 무인으로서, 고수로서 친분을 가지게 되었다.

"뭡니까?"

"아직 비가 내리고 있다. 게다가 하나뿐인 객잔은……."

객잔은 진산이 일 검에 부숴 버렸다.

진산의 얼굴이 찌푸려졌다. 생각해 보니 말도 객잔에 모두 두고 왔다. 아무런 이유도 없이 대뜸 객잔을 파괴하고는 말을 찾으러 갈 수 없었다.

"그럼 비가 그칠 때까지 기다리지요."

진산은 굴 가장 깊숙한 곳으로 터벅터벅 발걸음을 옮겼다. 다른 사람들의 시선이 그를 따라가다가 사자금웅에게 돌아갔다. 그가 이렇게 된 이유가 궁금해서였다.

사자금웅(獅子禽雄).

그 이름은 결코 누군가에게 폐인이 되어버릴 정도로 약한 것이 아니었다. 당당히 구룡 중 하나로 불리며, 본명조차 묻혀 버릴 정도로 무림명이 드높은 존재였다.

사자금웅의 일권은 왜 그를 사자라 부르는지, 금웅이라 부르는지 알 수 있을 정도로 야성적이었다. 짐승 같은 초식은 인간의 한계 따위는 가볍게 초월한 것처럼 중원의 숱한 고수들을 농락했다.

그런 그가 단전이 부서지고 사지근맥이 잘려 폐인이 되고 말았다.

사람들의 시선을 느낀 사자금웅은 고개를 푹 숙이고 말았다. 그러자 웬만한 곰보다도 더 큰 그의 몸이 너무도 왜소해 보였다.

"무슨 일이냐?"

"……."

묵룡쌍괴의 물음에 사자금웅은 답하지 않았다. 그것은 자신이 폐인이 되었다는 수치 때문만이 아니었다. 이야기를 듣고 오대악인 중 혈두선인과 비견될 정도로 강한 자신을 폐인을 만든 자에게 복수할 것 같아서였다.

그것은 매우 위험했다.

'적'은 매우 강했고, 또 교활했다.

드넓은 중원 천지에서 손에 꼽히는 자신을 단숨에 폐인으로 만들어 버리는 무공과 수법은 지금 생각해도 오한이 들었다. 오대악인이 비록 넷이나 있다고 하지만, 각개격파당하지 않는다는 보장도 없었다.

그들을 만나기 위해 질긴 목숨을 이어왔지만, 그들에게 자신의 복수를 시킬 수는 없었다.

'그리고 그자를 만나야지.'

절친한 친우의 동생을 만나야만 했다. 하지만 이 중원에서 너무도 멀어 폐인이 된 몸으론 감히 엄두도 못 낸 것이다. 언젠가 자신을 찾아올 형제들과 함께 갈 생각만 했을 뿐 구체적인 계획조차 세울 수 없었다.

하나 기적적으로 형제들과 조우했지만, 또 사정이 여의치 않았다.

자신은 물론 오대악인의 다른 형제들은 누군가와 짝을 이루지 않는다. 그들 개개인이 모두 고수였고, 또 그럴 만한 이유도 딱히 없었다. 굳이 함께한다면 형제들뿐이었다.

그런데 이번에는 형제 외에도 스무 명이 넘는 이들이 함께하고 있었다. 더군다나 그중 하나는 이미 전성기 때의 자신을 뛰어넘는 무공을 지니고 있는 자였다.

'검왕? 아니야. 검왕이라고 보기에 그는 너무 사이해. 게다가 검왕다운 예리함이 없어. 그렇다면 마왕?

사자금웅의 시선이 암룡대로 향했다. 마교의 무사라는 사실을 홍보하듯 그들의 몸에서는 마기가 숨김없이 토해져 나오고 있었다. 사자금웅이 비록 단전을 잃고 폐인이 되었다고는 하지만 기감까지 죽어버린 것은 아니었다.

그렇게 진산을 마왕이라 생각하려던 사자금웅의 머리가 다시 갸웃거려졌다.

'마왕이라고? 그가 교를 나왔다고?'

그것 역시 믿기 힘든 일이었다. 마왕에 대한 견제는 동서를 막론하고 너무도 강했다. 과거 곤륜과 협의지사들로 인해 여러 번 쪼개진 마교지만, 단일 세력으로는 그 누구보다도 강한 곳이었다. 그리고 그 정점에 있는 마왕은 만마를 지배하는 존재!

같은 은서각의 문파로서도 껄끄러운 존재였기에 항시 그의 움직임에 대비했다.

만약 그가 나온다고 하면, 동서를 막론하고 수천의 무사들이 그의 움직임에 대비할 것이다.

마지막으로 그는 마공을 익힌 흔적 따위는 볼 수 없었다. 뭐, 마왕의 실력이 이미 초절정에 이르렀으니 다시 한 번 환골탈태를 겪어 마기까지 완전히 지워냈다면 가능성이 있을지 몰랐다. 하나 그것은 호사가들이 지어낸 환상일 뿐, 환골탈태를 한다고 하여 평생을 익혀온 무공의 흔적이 사라질 리 없었다.

'마왕은 아니다. 검왕도 아니다.'

중원을 지배하는 두 명의 왕은 아니었다. 일성은 궁을 들고 다니니 아니었다.

'그럼 누구지?'

사자금웅의 눈동자에 의문이 가득했다. 암룡대와 함께하는 것을 보아 마교의 인물인 것은 분명했다. 하나 그 이상은 알아낼 수가 없었다.

묵룡쌍괴는 사자금웅의 마음을 알았는지 사자금웅의 침묵으로 말문이 닫혀 버린 혈두선인 대신 입을 열었다.

"저분이 바로 세 번째 왕, 귀왕이지."

귀왕.

사자금웅은 그제야 수긍했는지 고개를 끄덕였다. 오대악인이 모두 은거하기 직전, 혈두선인이 큰 상처를 입은 채 해남도에서 돌아와 귀신의 존재를 알렸으니 사자금웅이 모를 리 없었다.

그리고 또 그의 무공에 대한 것도 이해가 되었다. 당시 혈두선인이 지금보다 약했다고는 할 수 없다. 그때만 해도 혈두선인의 나이가 칠십이 넘었다. 현재 구십을 바라보는 그의 무공이 더욱 강해졌을 것이라고는 생각할 수 없었다.

다른 오대악인들은 말할 것도 없다. 흑삼명은 술법과 무공이 교묘하게 섞인 것을 무기로 삼지만, 같은 급의 고수에게는 통하지 않는다. 또 불사인의 무공 또한 공격보다는 불사 자체에만 의미가 있어, 역시 같은 급의 고수에게는 통하지 않는다. 묵룡쌍괴의 무공이 제법 매섭다고는 하지만, 오랜 시간 고련 끝에 무공을 완성한 혈두선인만큼은 아니었다.

사자금웅은 현재 모든 형제들이 그에게 제압당한 것이라는 사실을 알 수 있었다.

'빌어먹을!'

약속을 지킬 수 없음에 사자금웅은 속으로 욕지거리를 내뱉었다.

그때 진산이 사자금웅에게 다가갔다. 그의 눈동자는 날카롭게 얼어붙은 고드름을 연상시켰다. 진산이 다가오자 사자금웅은 등줄기로 서늘한 무언가가 지나가는 것을 느꼈다.

"누구에게 당했나?"

본래 가장 먼저 들었어야 할 것이나 진산의 경우는 무료해지자 문득 든 의문이었다.

스윽!

진산의 손이 부드럽게 허공을 격했다. 순간의 잔영이 사라지고 사자금웅의 배꼽 부근을 찔렀다.

푸욱!

검지와 중지손가락 두 개가 사자금웅의 뱃속 깊이 파고들어 갔다.

거칠게 파고든 손가락에서 사자금웅은 아무런 고통도 느낄 수 없었다.

진산의 진기가 사자금웅의 몸속을 빠르게 휘저었다. 부서진 단전은 그 흔적을 발견하기 어려웠고, 뿐만 아니라 그가 평생을 이룩했을 내공 또한 보이지 않았다. 사지근맥은 완전히 잘린 것은 아니었으나 무공을 되찾거나 익히는 것은 꿈도 꿀 수 없을 정도로 망가져 있었다.

끝내 그는 부서진 단전의 조각을 찾을 수 있었다. 수축한 풍선처럼 쭈그러진 채 점차 사라져 가는 단전은 과거의 그 거대함을 무수한 주름만으로 알 수 있었다.

'이상하군.'

그는 사자금웅의 몸에서 단전의 조각을 발견하고 의문이 들었다.

'단전이 이렇게 부서질 수도 있나? 아니, 부서졌다기보다는 찢어졌다는 표현이 더 어울리겠군.'

단전은 가죽으로 만든 공이 아니다. 오히려 단단한 그릇에 비유할 수 있었다. 내공을 담는 그릇은 그 그릇이 담을 수 있는 한계보다 더 큰 내용물이 담기려 할 때 그에 맞춰 큰 그릇을 만들어낸다. 그렇기에 단전이 점차 늘어나는 것이다. 엄밀히 말해 단전은 '늘어난다', '커진다' 라는 말보다는 더 큰 그릇에 작은 그릇째로 담아내는 것이라 할 수 있다.

대표적인 예로 환골탈태를 들 수 있다. 거대한 내공과 깨달음, 무공을 담을 수 있는 그릇인 몸을 재구성하는 것이 바로 환골탈태다.

그릇은, 단전은 찢어지는 것이 아니라 깨어지는 것이다.

그런데 사자금웅의 몸속에는 찢어져 잔뜩 주름진 단전만
이 남아 있을 뿐이었다.

'아! 흡성대법!'

이러한 증상을 만들어낼 무공 하나가 진산의 머릿속을 빠
르게 지나갔다. 내공을 파괴한 것이 아니라 흡수한 것이라면
지금과 같은 증상을 설명할 수 있을 것이다.

사자금웅을 바라보는 그의 눈이 날카로워졌다. 흡성대법
을 아는 이는 극소수다. 이미 실전된 무공이거니와 실전되기
전에는 마교에서도 교주 외에는 익힐 수 없는 무공이었기 때
문이다.

해남도에도 흡성대법을 쓰는 이가 있었다. 하나 그것은 무
림공적이 된 교주의 후예가 해남도에 자리를 잡았기 때문이
었고, 지금과 같은 상황에서는 정말 공교롭다고 할 수 있었
다.

'제기랄……'

입맛이 썼다.

해남도를 지배한 진산은 흡성대법의 구결을 알고 있었다.
하나 누구보다 순수하고도 강력한 내공을 가진 그가 흡성대
법 따윌 필요로 할 필요가 없어 구결만 외워두었을 뿐이다.

진산은 자신에게 구결을 넘겨준 사내를 떠올렸다.

매우 오래전의 일이었다. 진산은 지금처럼 강하지 않았고,
그의 형도 해남도를 떠나기 전이었다.

그는 검은 피풍의로 온몸을 감싼 사내로 언뜻 비춰지는 사내의 얼굴은 매우 초췌해져 있었다. 피골이 상접한 사내의 모습은 오랫동안 병마와 싸워온 자신과 비교해도 조금도 꿀리지 않는 창백한 안색을 가지고 있었다.

어려서 무공 서적을 읽으며 자신의 나약한 몸에 대해 대리만족을 느꼈던 진산은 그와 사귀면서 논검을 나누곤 했다. 비록 탁상 위에서만이었을 뿐이지만. 진산은 마치 자신이 진짜 고수가 된 기분을 느끼곤 했다.

사내와의 이별은 그리 오래지 않아 찾아왔다. 그는 그때 진산에게 하나의 구결을 전수해 주었고, 그것이 중원에서 악명이 자자한 흡성대법이라는 사실을 그 시절의 그로서는 알 수 없었다.

그 뒤로 진천이 떠나고 자신의 재능을 발견한 다섯 명의 사부가 내공을 전수하였다. 병약했던 진산은 단숨에 고수가 되었고, 지옥도에서의 고련은 그를 해남도 제일의 고수로 만들어주었다.

"그자인가?"

진산이 그를 만난 것은 겨우 이십 년 전 정도의 일이었다. 그의 후예라고 생각하기에는 너무 어렸다. 그 시절 사자금웅이 가졌던 무위는 제법 매서웠을 것이다.

누군가를 떠올리는 진산의 모습에 사자금웅이 대뜸 그에게 다가가 입을 열었다.

“그놈을 아는 것이냐?”

사자금웅의 목소리는 잘게 떨리고 있었다.

“알게 뭐야?”

진산의 말에 사자금웅은 바람 빠진 공처럼 축 늘어졌다.

혈두선인이 진산에게 다가갔다. 진산을 바라보는 그의 눈은 전과 다르게 살기를 띠고 있었다. 진산도 그것을 느꼈는지 입가에 미소를 짓고 있었다.

스릉!

살기에 반응한 진산의 검이 느린 속도로 뽑히기 시작했다.

“그만 하시오. 비록 무공을 상실했다고 하나, 절대고수 중 하나였으며 동시에 우리의 형제요. 그만한 대우를 부탁하오.”

혈두선인은 살기를 거두고 입을 열었다.

진산은 아쉬운 듯 입맛을 다시곤 사자금웅을 향해 입을 열었다.

“미안.”

짤막하게 말하고는 진산은 고개를 돌렸다. 더 이상 흥미를 잃은 것이다. 흡성대법이 보기 드문 무공이라 관심을 가졌을 뿐 그닥 대단한 것은 아니었다. 채음보양과 달리 전투 중에도 적의 내공을 앗아가 운기할 수 있는 특징이 있으나, 순수하지 못한 기운들만 쌓이기에 결과적으로 그리 대단한 심법은 되질 못했다.

진산이 흥미를 거두자 혈두선인이 다시 사자금웅에게 다가갔다.

"그간의 사정을 말해주지 않겠는가?"

"……."

사자금웅은 여전히 입을 열지 않는다. 다만 그를 폐인으로 만든 '그'라는 존재에 대해만 열을 올릴 뿐이었다.

혈두선인은 고개를 젓고는 그의 앞에 털썩 주저앉았다. 다른 오대악인도 그 근처에 대충 자리를 잡았다.

진산이 동굴 깊숙한 곳에 자리를 잡고, 오대악인이 그 중간쯤에 자리를 잡자 암룡대들은 굴 앞에 있을 수밖에 없었다.

"후우―!"

강석주는 추적추적 내리는 비를 보며 한숨을 푹 내쉬었다.

'일이 어떻게 될 건지…….'

비가 그치면 진산은 사자금웅을 데리고 갈 것이다, 본인의 의사와는 상관없이. 그리고 그 뒤에는 사자금웅을 걱정한 다른 오대악인과의 접전이 이어질 것이다.

진산은 이미 두 오대악인과 겨루어 그들을 패퇴시킨 적이 있다. 하나 그들은 오대악인들 중에서도 약체라 불릴 만한 이들로 혈두선인과 묵룡쌍괴가 함께한다면 결과가 어떻게 될지는 알 수 없었다.

'그렇게 되면 나는, 우리는 어느 쪽에 손을 들어주어야 하는가?

마음 같아서는 진산을 공격하고 싶었다. 그런 때가 아니라면 도저히 그를 해치울 수 있는 방법이 없어 보였다.

'휴우. 임무 실패와 복수라……. 쉽지 않군.'

강석주는 또다시 한숨을 토해냈다. 부하들을 반병신으로 만든 진산에게 복수하고 싶었다. 하나 그렇게 되면 하늘 같은 교주가 내린 임무를 저버리게 되는 것이었다.

한참을 고민하다가 강석주는 이내 고개를 저었다.

'아직 그러한 일도 생기지 않았는데 내가 고민할 필요가 있는가. 그때 일은 그때 생각하자.'

마음을 비워내자 속이 시원했다.

쏴아아―!

바깥에는 여전히 비가 쏟아져 내리고 있었다.

사자금웅은 형제들 사이에 앉아 있었으나 그들보다는 진산을 바라보고 있었다. 처음에는 몰랐는데 그의 얼굴이 잘 아는 누군가를 닮은 것 같았다.

'내 손에 죽었던 무인의 친족인가?

사자금웅이 행한 비무행에서 죽은 이가 한둘이 아니다. 때문에 진산의 얼굴에서 끝끝내 누군가를 떠올릴 수 없었다.

그는 포기하고 친우와의 약속을 떠올리기 시작했다.

"반드시…… 부탁해."

그의 목소리가 마음속에서 메아리쳤다.

"내 동생에게 나의 죽음을 전해줘……."

힘겹게 쥐어짜는 그의 목소리가 들리는 듯하자 눈물이 왈칵 쏟아질 것만 같았다.
'그래, 알았다. 내 반드시 지켜주마.'
사자금웅의 시선이 땅으로 떨어졌다. 흙먼지가 가득한 바닥 속에서 사자금웅은 유일한 친우였던 그와의 만남을 떠올리기 시작했다.

第二十三章

만남

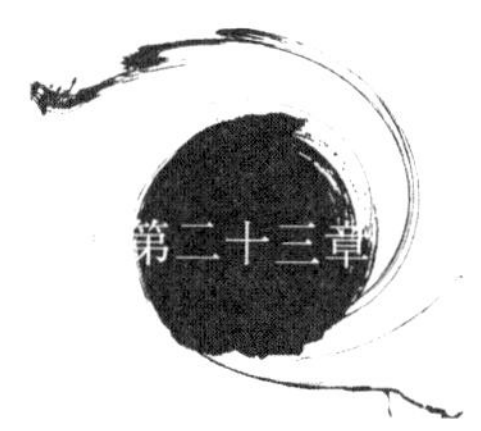

"사, 사자금웅 승!"

안색이 파리하게 질린 사내가 손을 올리며 목청을 높였다.

사내의 눈동자는 어느 한곳으로 향하고 있었다. 아니, 사자금웅을 제외한 모든 이의 시선이 그곳으로 향해 있었다.

벽에는 거대한 주먹의 자국과 불과 한 시진 전에는 사람이었을 형체가 뭉개진 채 죽어 있다. 벽은 피와 노을로 새빨갛게 물들어 있었다.

"이, 이……!"

죽은 이의 친인인 자가 분을 이기지 못하고 뛰쳐나왔다. 하나 그의 무공은 그리 뛰어나지 못해 사자금웅의 위세에 감히 가까이 오지 못했다.

'한심한 놈!'

사자금웅은 발걸음을 멈추는 사내의 모습에 속으로 버럭 화를 냈다.

꼴사납게 겁에 질린 모습을 보일 바에는 차라리 나서지 않는 것이 더 나았을 것이다. 아니면 겁을 이겨내고 한 번이라도 자신을 향해 공격을 해보던가.

'한 대 정도는 맞아줄 수 있지.'

단련에 단련을 거듭해 어지간한 공격에는 상하지 않는 몸이었다. 그러한 마음은 인심을 쓴다기보다는 짓궂은 마음이 더 강했다고 볼 수 있었다.

뚜벅뚜벅!

그렇게 사자금웅이 자신만의 세계에 빠져 있을 때 누군가 다가왔다. 발소리가 규칙적이고 그 소리가 가벼운 것을 보아 고수임이 틀림없었다.

씨익!

사자금웅의 입가에 짙은 미소가 그려졌다.

'오늘은 일진이 좋군.'

그만한 명성을 얻게 되면 고수와의 비무행도 쉬운 것이 아니었다. 싸워보지도 못한 채 미리 겁먹고 물러서는 일들이 워낙 많았기 때문이다.

하지만 자신을 향해 다가오는 이에게는 두려움이 없었다.

"그대가 사자금웅이십니까?"

그의 목소리에는 살기보다는 투기에 가까운 기운이 담겨 있었다.

"오냐, 이 몸이 사자금웅님이시다."

고개를 휙 돌리는 사자금웅의 몸에서 살기와 투기가 어우러져 폭발하듯 튀어나갔다.

그의 눈동자에 고수의 모습이 눈에 들어왔다. 잘 깎아놓은 듯한 조각의 한 면을 보는 듯한 외모의 사내는 장인의 거친 손길이 느껴지는 듯한 분위기를 주었다.

사자금웅에게는 사내의 미추보다는 그 외모 속에 틀어박힌 검은 눈동자 속에서 터져 나오는 투기에 깜짝 놀랄 수밖에 없었다.

세끼 밥보다 강자와의 비무를 좋아하는 사자금웅조차 놀랄 정도로의 강렬한 눈빛이 그를 놀라게 만든 것이다.

"오늘이 힘드시다면 다음에 합시다."

사내는 당당했다. 감히 구룡의 일인이자 오대악인이라 불리는 자신에게 그런 말을 할 줄은 몰랐다. 더군다나 겨우 삼십을 조금 넘어 보이는 자가 말이다.

"네놈! 감히 나에게 그런 건방진 소리를 할 정도로 강한지 보자!"

사자금웅은 버럭 화를 내며 내기를 이끌기 시작했다.

"좋습니다."

사내의 허리에서 검 한 자루가, 등에서 도 한 자루가 스르륵 뽑혀 나왔다. 검고 하얗게 칠해진 두 개의 도검은 섬뜩할 정도로 예리한 기를 뿜어내고 있었다.

사자금웅은 그 기세에 움찔거리며 한 걸음 물러섰다.

'이거 운기 정도는 한번 하고 싸워야 하는 거 아닌가? 괜히 멋모르고 싸웠다가는 당할지도 모르겠는걸?'

방금 전 그와 싸웠던 이도 중원에서 이십 위 안에 들 정도로 강했던 자였다. 그래서 기분 좋게 실컷 싸웠고, 그 바람에 힘 조절을 잘못해 상대를 떡으로 만들어 버렸다. 내공도 제법 많이 소모되었고, 너무 뛰놀아 체력도 많이 소비되었다.

그런 상태에서 사내가 뿜어내는 예기는 감당하기 힘든 위험이었다.

"자, 잠깐."

사자금웅이 급속히 내공을 갈무리하며 입을 열었다.

"무슨 일입니까?"

사내의 몸에서 더욱더 날카롭게 벼린 기운이 치솟았다. 그것은 당장이라도 사자금웅의 몸을 조각내 버릴 것만 같았다.

사자금웅은 입술을 지그시 깨물고서는 입을 열었다.

"방금 전의 비무로 내 몸 상태가 조금 좋지 않군. 뭐, 이 정도가 자네와 나의 수준 차이에 딱 맞는 것이지만. 자네에게 실례가 되는 것이 아닌가 싶어서……."

씨익!

사내의 입가에 짙은 미소가 그려졌다. 사자금웅은 자신이 실수했다는 걸 깨닫곤 입을 재빨리 틀어막았다. 가뜩이나 악명이 자자한데 상처를 입었다고 선언하면 원한을 가진 무림인들이 벌 떼같이 덤벼들 것이 틀림없었다.

눈앞의 사내 또한 명성에 눈이 멀어 주저없이 검을 날릴 것이다.

사자금웅은 그렇게 생각했다.

철컥! 철컥!

그러나 사자금웅의 예상과는 다르게 사내의 두 개의 도검은 자신의 집을 찾아 들어갔다.

오싹한 예기 또한 사라져 버렸다.

"아쉽군요. 그럼 다음에 한 번 겨루기로 합시다."

사내는 발걸음을 돌렸다. 주위의 다른 이들이 독기와 원한이 서린 시선으로 그를 바라보는 것과는 달리 사내는 너무도 순수한 표정을 지으며 자리를 떠났다.

그의 뒷모습을 사자금웅은 멍하니 바라보고만 있었다.

사내는 자신에게 비무를 신청하는 무인들과는 많이 달랐다.

보통 무인들은 자신의 명예욕 때문에 비무를 신청하는 반면, 사내는 진지하게 자신과 무를 겨루고 싶어하는 것 같았다. 사내의 그런 행동이 사자금웅은 마음의 마음에 들었다.

그것이 사자금웅과 사내의 첫 만남이었다.

며칠 뒤, 다시금 사내를 만났을 때 사자금웅은 또 다른 비무를 끝마치고 있었을 무렵이다. 비무의 끝은 언제나 상대방의 죽거나 폐인이 됨으로써 끝났다. 다만 이번에는 다른 점이 있다면, 상대가 큰 상처 없이 마무리되었다는 것이었다.

사내는 또다시 찾아왔고, 그는 또 비무를 청했다. 사자금웅은 기꺼이 허락하고 싶었지만 이번에는 새로운 깨달음에 대한 생각으로 비무를 하기보다는 깨달음에 대한 참오가 필요했다.

사자금웅이 그러한 사실을 전하자 사내는 아쉬워하면서도 사자금웅의 의견을 존중해 줬다. 때문에 이번에도 사내와의 비무는 무산되고 말았다.

다시금 시간이 흐른 후 사내를 만나게 되었다. 그때 역시 또 다른 비무를 마치고 나서였으나 이번에는 사내 쪽에서 거절했다.

사자금웅이 지쳐 보인다는 이유였다. 사자금웅은 사내를 잡고 날짜를 정하기로 했다.

그날로부터 보름 후, 사내와 사자금웅은 비무를 위해 섬서의 소화산(小華山)에서 단둘이 만났다.

"동의맹의 일검일도에 대해 들은 바 있지."

"그런가요? 이거 구룡 중 일인께서 알아주시니 기분이 좋습니다."

"그 말은 나를 조롱하는 건가?"

"하하! 그럴 리가요."

사내는 머리를 긁적이며 대답했다.

사자금웅은 사내의 말을 흘려듣고는 가볍게 몸을 풀기 시작했다.

스릉!

사내는 그 희고 검은 두 개의 도검을 뽑았다. 처음 만났을 때 보였던 예기는 씻은 듯 사라져 있었다.

'무공의 수준이 더욱 높아졌어!'

사자금웅은 내심 놀라면서 사내를 자세히 살펴보기 시작했다. 그의 목덜미에는 전에 없던 상처가 나 있었다. 강자와의 결투에서 입은 것으로 보였다.

'깨달음도 그때 얻었겠지.'

사자금웅은 몸 풀기를 마치고 두 주먹을 올렸다. 누런 기가 그의 주먹 위로 떠올랐다.

사내 역시 검과 도를 들었다.

"그럼, 시작해 볼까?"

"예."

두 사람이 움직이기 시작했다.

사자금웅의 신형은 뿌리를 깊게 내린 거목처럼 묵직하면서도 천천히 움직였고, 사내는 가벼운 바람에도 흔들리는 버드나무 가지처럼 사자금웅 근처를 맴돌았다.

사자금웅이 먼저 주먹으로 허공을 때렸다.

팡!

그의 권격이 사내를 향해 날아갔다. 마치 그의 손에서 누런 장갑이 튀어나오는 것만 같았다. 가볍게 쳐낸 것 같지만, 사자금웅이 보낸 권격에는 묵직한 기운이 담겨 있었다.

사내는 몸을 살짝 기울이는 것만으로 그의 공격을 피했다.

사내의 몸이 살짝 기울자 사자금웅이 먹잇감을 노리는 범처럼 날아들었다.

쿠아아앙!

그의 몸에서 노도와 같은 기세가 일어 사내를 향해 덮쳐들었다.

사내의 검이 움직이기 시작했다. 검끝에서 푸른 기운이 맺히더니 사자금웅의 공격을 조각조각 잘라내 갔다.

부웅!

이어 사내의 왼손에 들린 도가 움직였다.

추처럼 무겁게 떨어진 도가 위로 솟구쳤다. 도에 담긴 힘이 결코 가볍게 볼 만한 것이 아니었는지라 사자금웅은 허공에서 빙글 회전하며 공격을 피했다.

사내의 도를 피해낸 사자금웅이 재빨리 뒤로 물러섰다.

'쉽지 않아.'

사자금웅은 사내의 일검일도를 바라보며 생각했다. 단 한 번의 겨룸이었지만, 사내의 강함을 느낄 수 있었다.

그는 다시 한 번 사내를 향해 발걸음을 옮겼다.

사내는 가볍게 몸을 회전하고는 다시금 자세를 잡았다. 오른손에는 검을, 왼손에는 도를 들고 그 끝을 사자금웅을 향한 채 흔들고 있었다.

"그럼 다시 가지!"

쾅!

사자금웅의 몸이 다시 한 번 날았다. 족히 일이 장은 됨직한 높이로 떠오른 그는 사내를 향해 단숨에 내리찍어 갔다. 벼락처럼 떨어지는 그의 손에는 노란 강기가 맺혀 있었다.

사내는 다시금 검을 흔들었다. 검이 버드나무 가지처럼 흔들리다가 부챗살처럼 좌악 퍼져 나갔다. 하얀 검강이 사자금웅의 손목을 노렸다.

콰앙!

두 개의 강기가 거세게 부딪쳤다. 노란 강기가 잔인하게 찢겨 나가고 검강이 산산이 부서져 갔다.

그때 다시 사내의 도가 움직였다. 거꾸로 떨어지는 번개처럼 그의 검은 무거운 강기를 허공으로, 사자금웅을 향해 쏘아졌다.

"큭!"

사자금웅이 공중에서 한 바퀴 돌며 사내의 강기를 다리로 쳐냈다.

쾅!

두 개의 강기가 만나는 곳에서 폭발이 일어났다.

사자금웅은 다시금 허공으로 치솟고, 사내의 다리는 땅속으로 푹 꺼졌다.

"흐압!"

사자금웅은 손을 쫙 펴 장법을 펼쳤다.

사내는 두 개의 도검을 하나로 모으며 사자금웅을 향해 찔렀다. 일검일도는 연검처럼 서로의 몸을 부드럽게 꼬아가며 길쭉한 창처럼 쭉 늘어났다.

그의 손에서 일어난 일검일도의 강기가 사자금웅을 향해 탑처럼 세워졌다.

"핫!"

사내의 신형이 팽이처럼 휘돌며 사자금웅을 향해 뛰어나갔다.

파바밧!

사자금웅의 노란 강기가 분쇄되며 둘의 거리는 점차 가까워지기 시작했다.

강기가 부서지자 사자금웅의 안색이 점차 하얗게 변해갔다. 사내 역시 사자금웅의 강기를 부수는 것이 쉽지 않은지 파리하게 질려갔다.

타탕!

사자금웅은 다른 한 손으로 지법을 토해냈다. 노란 기가 빙그르르 돌며 사내의 관자놀이를 향해 날아갔다.

"큭!"

사내가 낮은 신음을 뱉으며 고개를 푹 숙였다. 지탄이 사내의 목덜미를 스치며 붉은 핏방울이 튀어 올랐다.

사자금웅은 지법에 이어 강환을 만들어 쏘아냈다. 지탄과는 다른 강기가 고개를 숙인 사내의 머리를 향해 날아갔다. 어지간한 거암 따위는 가볍게 뚫어버리는 힘을 가진 강환이었다.

사내는 한 걸음 뒤로 물러서며 데구루루 굴렀다. 강환이 다시금 허공을 가르고 사자금웅의 장력이 그를 향해 노도와 같이 몰아쳤다.

"흡!"

사내의 도에서 파도처럼 강기가 터져 나왔다. 사자금웅의 장력이 강기의 파고에 닿자 부드러운 봄바람처럼 부서졌다.

사자금웅은 일 보를 나아가며 사내를 잡기 위해 금나수를 펼쳤다. 문어처럼 늘어나는 그의 손을 향해 사내는 검기를 부챗살처럼 펼쳐 냈다.

따당!

사자금웅의 손이 튕겨 나가고 사내는 다시금 뒤로 물러섰다.

"하아, 하아!"

"후우, 후우!"

사내와 사자금웅은 거친 숨을 토해내며 서로를 바라보았

다. 초장부터 강기에 수준 높은 공방을 치렀으니 벌써 체력에 한계가 오기 시작한 것이다.

서로를 바라보는 눈동자가 빛나고 있었다. 상대의 실력을 인정함과 동시에 그들의 가슴속에서 무인의 투지가 고개를 발딱 들었기 때문이다.

"이제 슬슬 마무리 지어볼까?"

사자금웅의 몸에서 노란 기가 끊임없이 타오르기 시작했다. 기는 점차 제 형태를 만들어가더니만 사자금웅의 몸을 갑옷처럼 감쌌다.

사내의 도검 역시 뜨거운 기운이 맺히기 시작했다.

"후웁!"

사자금웅이 크게 숨을 들이켜며 더욱 기를 끌어 모았다. 노랗던 기가 점차 붉게 변했다.

반면 사내의 도검 위로 떠오른 기는 점차 옅어지더니만 끝내 투명하게 지워지기 시작했다.

스윽!

두 사람의 신형이 조금씩 움직이자 마치 빙판 위에서 미끄러지듯 그들의 거리가 가까워져 갔다.

투퉁!

사자금웅의 신형이 다시금 땅을 박찼고, 사내는 있는 힘껏 돌진했다.

사내의 일검일도는 강한 힘을 담아 사자금웅을 향해 찔러왔다. 사자금웅은 두 주먹을 힘껏 당겼다가 화살을 쏘아내는 것처럼 쭉 폈다.

콰콰쾅!

연이은 폭음과 함께 주위에서 뿌연 흙먼지가 퍼져 나갔다.

먼지가 점차 걷어지며 탑처럼 우뚝 선 두 개의 그림자가 떠올랐다.

"크윽!"

사자금웅의 입에서 신음이 토해져 나왔다. 그의 팔은 깨진 도자기처럼 부서져 있었고, 속에서는 계속해서 피가 역류해 왔다.

사내의 도검은 산산이 부서져 있었고, 그 역시 큰 내상을 입었는지 가는 혈선이 그의 입끝에서 끊임없이 흘러나왔다.

풀썩!

거의 동시에 두 사람이 쓰러졌다.

"네 녀석의 이름이 왜 크게 알려지지 않았는지 의문이야."

자신과 동수를 이룰 정도라면 중원에서 새로운 신성이 나타났다고 떠들썩했을 것이다. 하나 사내에 대한 소문은 동의맹에서 제법 뛰어난 무인이 나타났다는 것뿐, 그의 실력에 비해 명성은 너무도 작았다.

사내는 허탈한 웃음을 흘리며 그의 말에 답했다.

"하하, 제가 몸 좀 사릴 일이 있어서요."

사자금웅은 사내의 말을 농담으로 치부하고 가볍게 넘겼

다. 그만한 고수가 몸 사릴 일이 얼마나 있을까?

"자네가 이끄는 호상대(虎狀帶)가 동의맹의 무림 단체 중 서열 삼위라고 세간에서는 말하지만, 대주인 자네의 무위가 겨우 그 정도의 실력은 아닌 것으로 보여."

"대주가 강하다고 대원들이 다 강한 것은 아니죠. 그리고 저는 그리 강한 것이 아닙니다. 제 위에 있는 사람에 비한다면……."

사내는 한 자루의 검으로 동무림 위에 우뚝 선 이를 떠올리며 말했다.

사자금웅의 머릿속에도 사내와 같은 이가 그려졌다.

"그와 비견될 만한 자는 세상에 단 하나밖에 없어. 그 누구라도 그와 무공을 비교한다면 자괴감만이 쌓일 뿐이지."

사자금웅은 검왕과의 만남을 생각하며 치를 떨었다. 비무를 청하기는커녕 오히려 그가 도망칠 정도로 그는 막강했다.

사내는 사자금웅의 말에 피식 실소하며 자리에서 일어났다. 그는 가부좌를 틀고는 운기를 시작했다. 제법 내상이 심했던 모양이다.

사자금웅 또한 내상이 심했지만, 격렬한 비무를 한 상대가 앞에 있자 운기를 하기가 좀 꺼려졌다. 워낙 적이 많았던지라 언제나 긴장을 늦추지 못했다.

'나를 믿는다는 건가?'

형제들 외에는 누군가를 신용한 적이 없었다. 그의 호전적인 성격에 언제나 적뿐이었고, 변변한 친구조차 없었다.

'지금이라면 저자를 죽일 수 있다.'

만약 그가 진짜 악인이었더라면, 치졸한 성격을 가진 자였다면 사내를 공격했을 것이다. 하나 그에게 악인으로서의 명성이 따른 것은 그의 과격한 비무행 때문이었지 성정 자체는 악인과 거리가 멀었다.

정정당당. 그는 언제나 자신의 신념에 따라 전투에 임하는 전사였다.

사자금웅은 가부좌를 틀고 앉아 사내처럼 운기를 시작했다. 내상이 제법 깊었다. 뿐만 아니라 팔 또한 엉망으로 망가졌다. 그와의 일전으로 내부는 물론 팔도 엉망이 된 것이다.

'진천이라…… 기억해 두어야 할 이름이군.'

그 뒤 서로의 무공을 나누고 둘 다 사심이 없었기에 친구가 되었다. 그리고 사자금웅은 진천이 진행하는 일에 대해 조금 알게 되고, 그를 돕는다고 자청하지만 진천은 사양했다.

"친구를 사지로 몰 수는 없어. 죽는다면 나와 피를 나눈 혈맹원들만으로도 족하지……."

그때 진천의 말에 사자금웅은 크게 아쉬워했지만, 그게 자신을 위한 말이었다는 사실을 안 뒤로는 더 이상 그의 일에 끼어들지 않았다.

세월은 가고 진천이 시도하는 일은 점차 진행되어 가는 듯했다. 칠 일에 한 번씩 보았던 그는 이제 반년이 지나도 얼굴 한 번 보기가 쉽지 않았다. 가끔씩 만날 때도 그는 그가 시도하는 일에 대해서는 굳게 입을 다물었고 그의 몸에도 하나둘 상처가 늘어갔다.

'그만한 고수에게 상처를 입힐 만한 이들이 몇이나 있을까?'

무리하게 몸을 움직인다는 사실은 알고 있었지만, 사자는 지쳐도 토끼에게 당하지 않는 법이다. 진천이 얼마나 위험한 일을 하는지에 대해 알 수는 없었지만, 나날이 늘어가는 상처와 더불어 조금씩 강해지는 그의 무위에 대해 의문을 지울 수 없었다.

그러던 중 진천의 혈맹원이라 자청하는 사내가 찾아왔다.

"안녕하십니까?"

그는 부드러운 미소를 지으며 사자금웅에게 다가왔다. 하나 사자금웅은 그의 미소에서 껄끄러움을 지울 수 없었다.

'적의? 아니, 살의인가?'

그가 적임을 사자금웅은 본능적으로 느낄 수 있었다. 하나 사내가 내민 것은 진천의 필체가 분명한 서찰이었고, 오랜 시간 만날 수 없었던 친우의 소식에 목말랐던 사자금웅은 자신의 감각을 무시한 채 그와의 관계를 쌓기 시작했다.

다시금 오 년의 세월이 흐르고 혈맹원에게서 더 이상 불쾌

한 기분을 느끼지 못할 때였다. 그러나 진천은 여전히 사자금웅을 찾지 않았다. 그 때문에 사자금웅은 그를 만나기 위해 동의맹의 담장을 넘는 상상을 하루에도 몇 번씩이나 했다.

"위험합니다. 사자금웅께서는 이미 악명으로서 중원에 알려진바, 정의맹을 자처하는 동의맹에 들어선다면 당신은 물론이거니와 혈맹주인 진천 대주님께도 폐가 됩니다."

사자금웅은 혈맹원의 말이 맞다고 생각했다. 때문에 진천을 만나고자 하는 마음을 누그러뜨리고 그의 서찰이 닳도록 읽었다.

벚꽃이 지고 수련도 져갔다. 단풍이 붉게 물들어 떨어지는 무렵 한 장의 서찰이 사자금웅을 찾아왔다.

'여기까지 알아내다니…… 그들의 정보력이 매우 우수하구나.'

반년 전 혈두선인의 엄포로 다섯 명의 의형제는 모두 뿔뿔이 흩어져 은거했다. 사자금웅은 사천의 한적한 시골에서 철을 두드리며 생활하고 있었다.

대장간에서의 일은 철을 제련하여 하나의 물건으로 만들어내는 그 재미가 무공과는 또 달랐기에 그는 잠시 동안 비무에 대한 생각을 잊어갔다.

사자금웅이 들뜬 마음에 서찰을 잠시 품속에 집어넣을 때 서찰보다 한발 늦게 '그'가 찾아왔다.

"오랜만입니다."

그는 처음 만났을 때와 같은 미소를 짓고 있었다.

"오! 그래, 왔는가?"

세상과 단절된 강촌에서 더 이상 진천에 대한 소식을 들을 수는 없었다. 그런 와중에 혈맹원인 그가 오니 반가운 마음을 숨길 수 없었다. 비록 이번 서찰이 그가 전해준 것이 아니더라도 말이다.

껄끄러운 기운이 그의 가슴 한구석을 눌렀지만, 사자금웅은 지금까지와 같이 한껏 눌러 버리고 그를 반겼다.

스윽!

혈맹원이 손을 들었다.

쿠우웅!

붉은 강기가 그의 손에 맺히더니만 그물처럼 퍼지면서 사자금웅을 덮쳐 왔다.

"흠!"

사자금웅은 오대악인이라는 명성에 어울리게 그의 공격에 빠르게 반응했다.

찌익!

혈맹원의 손에서 퍼져 나온 그물은 허무하게 찢어졌고, 사자금웅은 그 기세 그대로 그의 단전을 향해 일장을 내밀었다. 진천과 자신을 연결해 주는 존재이기에 살상보다는 무공의 폐지를 생각하며 공격한 것이었다.

그것이 사자금웅에게는 화근이 되었다.

탕!

콩 볶는 소리와 함께 혈맹원의 몸이 들썩였다. 하나 사자금웅의 손이 그의 단전에 박힌 채 움직이지 않았다.

'뭐지?'

사자금웅은 슬쩍 손을 당겼다. 그러나 찰싹 달라붙은 손은 혈맹원의 몸에서 도무지 떨어지지 않았다.

혈맹원이 천천히 고개를 들었다. 그의 얼굴에는 희미한 미소가 감돌고 있었다.

"크윽!"

자신의 손을 통해 내공이 순식간에 빠져나가는 것이 느껴졌다. 거대한 둑 안에 가득 찬 물이 둑이 부서지면서 빠져나가는 것과 같았다.

사자금웅은 깜짝 놀라 손에 잡히는 대로 무언가를 혈맹원을 향해 던졌다.

캉!

"큭!"

"컥!"

검이 부러진 후에야 사자금웅은 혈맹원의 단전에서 손을 뗄 수 있었다.

사자금웅의 내력을 흡수하려던 혈맹원은 갑작스런 반격에 내상을 입었다. 이는 사자금웅 또한 다르지 않았으며, 오히려 사자금웅의 경우는 상당수의 내공이 빨려 나가고 내상까지 입었다.

사자금웅은 망설이지 않고 뒤돌아 도망가기 시작했다.

그 뒤에 있는 구채산(九寨山)을 향해 뛰어올랐다. 혈맹원도 조금 뒤늦게 그를 뒤쫓았지만, 여유가 있는 듯 느긋했다.

'큭! 배신인가? 아니면 노렸던 것인가?!'

사자금웅은 끓는 듯한 통증을 참아내며 신법을 펼쳤다. 내공이 허공으로 흩어져 가는 도중에도 사자금웅의 경공은 발군이라 할 수 있었다.

산을 오름에 느려짐없이 사슴처럼 뛰어오르는 그의 신형은 결코 내상을 입은 사람으로는 보이지 않았다.

'진천, 그조차도 노림수였다는 건가?'

사자금웅은 혈맹원을 진심으로 믿고 있었다. 그가 비록 부정한 마음으로 자신을 노렸지만, 진천이 보내는 서찰을 보면 혈맹원에 대한 그의 마음이 묻어 나오는 것 같았다.

꽈드득!

사자금웅은 이를 악물며 산의 정상으로 올라갔다. 뒤따라오는 혈맹원과의 거리는 도무지 벌어지지 않았다.

"빌어먹을!"

정상에 오르자 깎아지른 듯한 절벽이 그를 기다리고 있었다. 아래는 평평한 대지로, 떨어지면 죽음을 면하기가 힘들어 보였다.

사자금웅 정도라면 높이와 상관없이 어떤 절벽이라도 오

르내릴 수 있었다. 다만 그것은 정상적인 상태에 한해서였다.

내공이 계속 빠져나가고 있는 상태에서 절벽을 내려간다고 하면 중간에 거의 모든 내공을 소진하고 떨어지고 말 것이다.

"이제 끝인 겁니까?"

혈맹원은 비열한 웃음을 지으며 말했다. 단시간이었지만, 그는 사자금웅의 거대한 내공을 흡수하여서인지 호흡 한 번 흐트러지지 않고 있었다.

아니, 사자금웅 말고도 많은 이의 내공을 흡수해서인지 그의 몸에는 충만한 기운이 느껴졌다.

"내공을 흡수하는 무공은 몇 있지만 전투 중에도 흡기를 할 수 있는 무공은 하나밖에 없지."

사자금웅이 인상을 찌푸리며 말했다.

"흡성대법."

마교 교주의 무공이었다. 게다가 흡성대법은 실전된 무공이었다.

혈맹원이 실전된 무공을 익히고 있자 사자금웅은 씁쓸한 마음을 감출 수 없었다. 혈맹원이 가진 힘이 어느 정도인지 알 수 없는 것이었다. 비단 무공뿐만 아니라 그의 세력이 어느 정도까지 뻗어 있는지에 대한 것도 의문이었다.

"그대가 바라는 것처럼 저와 한 번 겨뤄보시겠습니까?"

혈맹원이 자세를 잡으며 물었다.

“물론!”

‘결국 패해 절벽으로 떨어지고 말았지.’

사자금웅은 그때의 기억을 떠올리며 쓰게 웃었다. 자신보다 강한 고수는 의외로 많았다. 그것도 바로 지근에 말이다.

진천만 해도 언제부터인지 모르지만 자신을 뛰어넘고 있었다.

‘그가 아닌 진천을 믿었어야 했어.’

진천이 보낸 서찰에는 그의 일간의 사정과 그가 계획한 일들 등 모든 것이 적혀 있었다.

사자금웅은 이 사실을 다른 형제들에게 알리기로 마음먹었다. 자신의 힘으로는 해남도에 가서 그의 동생에게 서찰을 전하기란 쉽지 않았다. 차라리 무공을 잃지 않은 형제들에게 맡기는 편이 나중에라도 전해질 가능성이 컸다.

혈두선인이라면 그가 원하는 바를 이루어줄 것이다.

“후우—”

깊은 한숨을 토해낸 사자금웅은 진천의 서찰을 꺼내 혈두선인에게 다가갔다.

“형님, 이 모든 사건은 제 친우인 진천이 남긴 서찰에……”

파밧!

사자금웅의 말이 끝나기도 전에 진산의 신형이 벼락처럼 날아들었다.

그는 사자금웅의 동의조차 구하지 않고 그의 손에서 서찰을 낚아채고 그 안에 담긴 내용을 읽기 시작했다. 다른 오대악인은 의문이 가득한 시선으로 그를 바라보았고 사자금웅만이 이를 갈며 진산을 노려보았다.

"이게 무슨 짓인가!"

끝내 화를 터뜨리는 사자금웅을 향해 진산은 손을 들어 저지했다.

"친우? 네가 형과 아는 사이였단 말인가?"

진산의 눈동자가 흉흉하게 변했다.

사자금웅은 저도 모르게 움찔하고는 뒷걸음쳤다. 무공을 잃지 않았더라도 위협이 될 정도로 그의 시선은 매서웠다.

다른 오대악인들은 갑작스럽게 변한 진산의 태도에 놀라 이러지도 저러지도 못했다. 다만 혈두선인만이 긴 한숨을 내뱉고는 고개를 저었다. 사자금웅과 진산의 형과는 무슨 인연이 있어 보였다. 그것이 만약 악연이라면 그는 지금껏 숨겨두었던 살성을 또다시 토해낼 것이다.

"형? 진천의 동생이 너란 말인가?"

사자금웅의 눈에 비춰지는 진산은 진천이 말했던 모습과 너무도 달랐다.

유약하지도 않았고, 성정이 곱다고 볼 수도 없었다. 당장이라도 터져 버릴 것만 같은 불붙은 폭탄과 같았고, 그의 무공은 자신의 형제들을 모두 제압할 정도로 강했다.

“그렇다.”

진산은 짧게 대답하곤 다시 진천의 서찰을 읽기 시작했다. 한줄한줄 서찰을 읽어갈 때마다 그의 표정은 시시각각 변했고, 끝내는 지독한 살기만이 그의 얼굴에 남아 있었다.

사자금웅은 그의 표정을 이해할 수 있었다. 이미 그가 보낸 서찰을 수십 차례 읽어보았기 때문이다.

다른 일행들은 영문을 모른다는 얼굴로 진산의 눈치만 살피고 있었다.

“아우, 나에게 무슨 일인지 설명해 주지 않겠어?”

묵룡쌍괴가 진산의 눈치를 보며 조심스럽게 물었다. 사자금웅도 진산을 힐끗 보고는 입을 열었다.

“서찰에는 상당한 양의 내용이 담겨 있습니다. 어디서부터 시작해야 하는지 고민되는군요.”

그는 쓰게 웃은 뒤 다시 말을 이었다.

“그는 복수를 위해 중원에 왔습니다. 자신의 가문을 멸문시키고 자신의 동생에게 추악한 병을 안겨준 이들에 대한 복수를 위해서…….”

사자금웅의 입에서 진천의 이야기가 흘러나오기 시작했다.

第二十四章

진천(震天)

　*해*남도를 떠나는 배 안에는 일검일도의 무인 진천이 있었다.

　진산을 남겨두고 해남도를 떠나는 그의 마음은 편치 않았다. 하나뿐인 동생을 그런 위험한 섬에 홀로 두어야 한다는 사실이 마음에 걸렸기 때문이다.

　'그래도 병도 많이 나았고, 그 스스로 할 일도 있으니까.'

　동생은 어렸을 때부터 큰 병을 앓고 있었다. 특수한 기공을 익히지도 않았는데 커다란 동공과 같은 단전을 가지고 있는 데다가 산공독에 당한 듯 끊임없이 기가 빠져나간다는 것이었다.

때문에 진천은 진산에게 보약도 먹여보고 매일 내공을 주입시키기도 하였다. 그러나 그것은 임시방편일 뿐 더 이상의 효과를 보지는 못했다.

'운기를 할 수 있게 되었으니 다행이었지 아니었으면 스무 살도 되지 않아서 절명하고 말았을 거야.'

기가 계속 빠져나가기에 운기를 해도 내공이 차지 않았다. 진천은 자신이 익힌 가전의 심법을 그에게 가르쳐도 보았지만 결과는 크게 다르지 않았다. 어렵게 무공심법들을 구해 가르쳤지만, 그것도 결과는 좋지 못했다.

그래도 노력의 결과가 있어서인지 수많은 심법을 익히고 운기하는 동안 진산의 혈도는 세맥 구석구석까지 뚫렸다. 그 덕에 절정고수가 된 진천이 진산의 몸을 벌모세수하는 것은 어렵지 않았다.

이제 병은 호전되고 그 거대한 단전은 차츰 차 오르기 시작할 것이다. 시간이 조금 걸릴지는 모르나 반 정도만 차도 해남도에서 어렵지 않게 생활할 수 있을 것이라 생각했다.

'이제는 복수를 해야지.'

진천은 선실 바깥으로 나와 중원을 바라보았다. 거친 해풍이 그의 머리카락을 쓸어 넘기고 눈을 찔렀지만, 그는 아랑곳하지 않고 저 멀리 보이는 중원에 시선을 두었다.

한때는 최고의 가문이라고 불렸던 사마세가는 누명을 쓰고 멸문당했고, 동생은 해독법을 알 수 없는 독에 당해 크나

큰 병을 앓게 되었다. 갓난아기인 진산을 데리고 그들에게서 벗어나 해남도로 온 일을 떠올리면 저도 모르게 살기가 일어났다.

뿌득!

온화하던 그의 얼굴이 찌푸려진다.

그 원한을 동생 앞에서 보이지 않고 십여 년이 넘게 피가 마르는 수련을 해오지 않았던가. 이제 그 원수들이 눈앞에 보이는 것 같자 그동안 숨겨왔던 복수심이 더욱 불타올랐다.

파도가 뱃끝을 때리고 갈매기 떼가 포물선을 그리며 몸을 흔들었다. 파도에 기우뚱거리는 배 위에서 사람들은 순간 놀라 난간을 잡았지만 진천만은 흔들림없이 서서 중원 땅을 바라보았다.

'이제 시작인가.'

진천의 가슴속 깊은 곳에서 희망과 절망이 버무려진 감정이 소용돌이처럼 휘몰아치고 있었다.

중원에 도착한 진천은 가물거리는 기억을 힘겹게 되짚어 가기 시작했다.

'나의 가문인 사마세가는 그 어떤 세가보다도 거대했고, 그 어떤 문파보다도 강한 힘을 보유하고 있었다. 가주인 아버지는 일검일도의 고수로 단 한 번도 패한 적이 없을 정도로 강한 고수는 아니었지만, 구룡에 가장 근접한 고수라 불리던

자였다. 그래, 아버지의 이름은 사마휘진. 전대 동의맹의 맹주이자 동쪽 무림의 배신자.'

회상이 막바지에 이르자 진천은 피식 실소했다.

그의 아버지인 사마휘진은 분명 동서무림의 화합을 위해 애썼다. 그것이 서쪽 무림에 의한 굴복이 아닌 병합으로 과거의 중원을 되찾자는 뜻이었다. 하지만 새외 세력들이 중원에 대한 관심을 잃었고, 또 그들의 힘이 위협되지 않다고 생각하던 중원무림인들은 그런 사마휘진의 생각에 냉소적인 면이 많았다.

그러나 그만큼 그를 지지하는 세력 또한 적지 않았다. 과거 같은 정파, 같은 사파의 무리로서 새외의 세력과 싸웠던 전통이 있었던 만큼 그들은 상잔할 필요성을 느끼지 못했다.

동의맹의 맹주인 그가 적극적으로 움직이자 은서각도 그의 말에 귀를 기울이는 듯했다. 하지만 적은 바깥이 아니라 품속에 있었을 줄은 그로선 상상조차 할 수 없던 일이었을 것이다.

무림인들이 쉽게 칼을 뽑고, 적극적인 성향을 가진 것은 분명하나 사상이 반대된다고 해서 무조건 칼을 드는 자들은 아니다.

과거에는 정사로 나누어 사상에 따라 반목하기도 했지만, 현재 정파와 사파가 유명무실한 상황에서 그러한 일은 생각지도 못했다.

대대적인 마녀사냥이 어느 시일을 기점으로 이루어졌다.

초고수인 검왕을 필두로 한 일련의 무리들이 사마세가를 공격했고, 사마세가는 저항하는 것보다는 자신의 무고함을 알리기 위해 그들 스스로의 의지로 잡혔다.

그런 그들을 기다렸던 것은 잔인한 학살뿐, 그 어떤 해명의 기회도 주어지지 않았다.

만 명에 다다르는 세가의 사람들이 죽어갔다.

'그때 동생도 검왕의 수하가 뿌린 독에 중독되었지.'

사마세가는 순식간에 멸문의 위기에 섰고, 그 사실을 알게 된 사마휘진은 동의맹을 나서 자신의 세가로 질풍처럼 달려갔다.

그런 그의 눈에 보인 것은 타 들어가는 세가와 수를 헤아릴 수 없는 시체들뿐……. 공명정대하여 많은 사람들에게 인정을 받아왔던 그가 무너지는 것은 순식간이었다.

아내와 가솔들이 벌거벗겨진 채 잔인하게 죽었고, 그의 자식들은 생존조차 알 수 없게 되었다.

그 끝을 알 수 없는 절망은 한 방울의 눈물로 화하고, 그것은 그의 몸속 깊숙하게 잠들어 있던 광기를 끌어올렸다. 일검일도의 절정고수가 주화입마에 들어버린 것이다.

그는 미친 채로 잃어버린 아이들을 찾아다녔고, 그 결과는 언제나 살육으로 끝이 났다.

그 누구도 믿을 수 없게 되었고, 모두가 적으로 보였다.

검왕은 미쳐 버린 사마휘진의 상태를 기회로 악의적인 소문을 퍼뜨렸다.

동쪽 무림의 배신자.
최악의 마인.
피의 괴물.
학살자.
……..

검왕 밑에 얼마나 많은 조직이 있는지 알 수 없었다.
다만, 그의 말에 따라 움직이는 하부 조직은 매우 거대했다. 그들은 그 힘을 이용하여 사마휘진을 마인으로 몰고 갔다.
검왕은 그 신위적인 무공을 앞세워 동쪽 무림을 대표하는 고수로 동의맹의 임시 맹주 직에 오르게 되고, 전대 맹주를 척살하는 조직을 만들어 그를 처단했다.
미친 채 온몸의 내기를 모두 쏟아낸 사마휘진이기에 검왕이 직접 나서지 않아도 제거하기는 어렵지 않았다.
사마휘진은 끝내 명을 달리했고, 그 거대했던 사마세가는 터조차 남겨지지 않은 채 사라져 버렸다.
"그리고 이제는 잊혀지고 말았지."
겨우 십여 년의 세월이 흘렀을 뿐이다.

그런데 사마세가의 잔재는 조금도 남아 있지 않았다. 사마휘진을 그리워하는 이들도 없으며, 그의 살행조차 이제는 잊혀져 세상에서 사라져 버렸다.

그 누구도 전대 맹주인 사마휘진과 그의 세가를 입에 올리는 자가 없었다.

'하지만 나는 아직 잊지 않았어.'

진천은 천천히 걸음을 옮겼다.

먼저 중원 정보를 알기 위해서는 어떤 조직에든 들어가는 편이 유리했다. 아니면 정보를 사는 방법이 있는데, 후자의 경우 자신의 정보마저 유출될 수 있는 경우도 있기에 되도록 조심해야만 했다.

'동의맹으로 가자.'

해남도에서 많은 생각을 했다.

적대 조직인 은서각과 음모의 주체가 숨 쉬는 동의맹.

둘 다 장단점이 있기에 쉬운 선택은 아니었다.

은서각은 안전하지만 검왕이나 그가 거느린 하부 조직에 대한 정보를 얻기가 쉽지 않다. 반면, 동의맹은 자신의 존재가 노출되니 매우 위험했다. 그래도 검왕의 동향이나 그 정체를 밝히는 데 있어 은서각에 비해 유리하다고 볼 수 있었다.

진천의 발걸음은 느리지만 정확하게 동의맹을 향하기 시작했다.

동의맹에 입맹한 뒤 그는 독보적인 무공 실력으로 빠르게 승진해 나갔다.

이는 그가 절정고수라는 사실도 있지만, 그의 놀라운 재능에 톡톡히 덕을 본 때문이다.

진천은 그 어떤 초식도 한 번 보면 똑같이 펼쳐 낼 수 있는 눈을 가지고 있었다.

때문에 그 어떤 현란한 초식에도 현혹되지 않았으며, 상대의 초식을 그대로 베껴내어 오히려 적을 현혹시켰다.

위험한 임무가 늘어날수록 실력은 나날이 늘어갔다.

후에는 호상대(虎狀帶)라는 조직을 맡을 정도로 그는 동의맹 내에서 알려지기 시작했다.

그러나 그것뿐이었다.

진천이 절정고수라는 사실도, 남이 가진 초식을 그대로 재현해 낼 수 있다는 사실도 그는 최대한 숨기며 자신의 진면모를 보여주지 않았다. 보여준다면 자신의 수하들과 혈맹원들, 그리고 친우인 사자금웅에게뿐이었다.

그는 먹잇감을 노리는 사자처럼 때를 기다렸다.

검왕은 자신의 상대론 너무 컸다. 섣불리 공격했다가는 오히려 자신이 먹혀 버릴지 모를 정도로 강했고 무시무시했다.

기회는 좀처럼 오지 않았으나, 대신 그는 자신의 복수를 도와줄 세력을 만들어내는 것은 성공했다.

동의맹 내에서 과거 사마휘진을 지지하던 이들이었다.

그들의 수는 겨우 스물 정도였지만, 대부분이 전대를 겪었던 고수인 만큼 무공은 절정 아래가 존재하지 않았다.

진천이 그렇게 때를 노리고 있을 무렵 한 사내가 그를 찾아왔다, 잊고 있던 가문의 문장을 동봉한 채.

사내의 무공은 그리 뛰어나지 않았다. 막말로 자신이 이끄는 호상대의 막내만 한 무공조차 없었다.

그러나 그는 매우 비상한 머리를 가지고 있었으며, 또 진천이 가질 수 없는 동의맹의 일급 정보까지 가지고 있었다. 그동안 무엇을 했는지에 대해선 의문이 많은 사내였다. 하지만 그의 정체는 너무도 명확했고 오랫동안 원망하고 또 그리웠던 이였다.

사마휘진.

그는 광인이 되어 죽어버렸을 아버지였던 것이다.

무공의 대부분이 소실된 듯 그는 더 이상 구룡 다음가는 절정고수는 아니었지만, 전대에 맹주를 역임했을 만큼의 심계를 가지고 있었다.

그의 도움으로 일은 차근차근 진행되어 가기 시작했다. 광인이 되었다는 소문과 달리 진천의 아버지는 과거와 다를 바 없는 모습이었고, 그가 가진 정보력은 남다른 것이라 복수의 틀을 더욱 완벽하게 잡아갈 수 있었다.

계획은 어느 순간부터 대폭 수정되어 검왕 단우극을 죽이는 일에만 신경을 썼다. 천외천의 고수인 그를 죽인다는 계획은 위험이 매우 컸다.

물론, 진천도 그를 제거하려는 마음은 있었다. 검왕을 비롯한 그들 세력을 송두리째 제거하는 것이 그가 세운 목표였으니 말이다. 그러나 자신의 목표를 위해서는 검왕을 죽이는 것보다 그의 숨은 조직을 드러내 실각시키는 것이 먼저라고 생각했다.

하지만 어디서부터 틀어진 것일까?

"크윽!"

진천은 이를 악물고 발걸음을 옮기고 있었다. 길조차 나 있지 않은 산을 오르는 그의 몸은 만신창이가 되어 있었다.

하늘이 무겁게 칠해져 있었다. 당장이라도 비가 쏟아져 내릴 것 같았다. 비가 내린다면 그의 흔적을 조금이라도 지워줄 수 있을 것이다.

'배신인가?'

진천은 속으로 의심되는 이들을 떠올리기 시작했다. 그의 권유에 포섭된 스무 명의 고수와 아버지, 그리고 호상대뿐인 작은 세력이다.

겨우 오십 정도의 조직이었지만 구성원 대부분이 고수 이상의 힘을 가지고 있었기에 임무의 성공 확률은 반반으로 생각했다.

'그리고 그의 지원은 매우 컸다.'

자체적인 조직을 갖추고 있던 사마휘진은 이번 일을 계획하고 최대한 성공에 가깝게 다가가게 만들었던 자였다. 더군다나 자신의 혈육이라는, 배신할 수 없는 이유가 있었기에 가장 믿을 수 있는 사람이었다.

누군가의 배신이라면 자신의 직속 부하들인 호상대보다는 후에 포섭된 스무 명의 고수라고 볼 수 있을 것이다.

'누구지? 음영대의 부금화인가? 아니면 체천대의 호운?'

막상 의심하고자 하니 다 의심이 되었다. 피를 나누어 혈맹이라는 조직을 구성했지만, 과거의 영광만을 쫓는 이들이었기에 어떤 면에서는 허술한 조직이라고 할 수도 있었다.

그들의 임무인 검왕의 살해를 위해서는 기습 외에는 방법이 없다. 어지간한 무공으론 검왕에게서 생채기 하나 만들어 낼 수 없었다. 절정고수의 끝을 바라보고 있는 자신 정도는 돼야 그나마 검을 나눈다고 할 수 있을 뿐이었다.

스무 명의 고수는 검왕의 공격을 조금이나마 분산시키기 위함에 있었고, 호상대는 검왕의 호위대를 견제하기 위함이었다.

가능성은 있어 보였다. 검왕이 초절정에 이른 고수라고는 하지만, 빈틈이 전혀 없는 것은 아니다. 적이라고 인지하지 못한 이들이 갑작스레 검을 쳐온다면 그 역시 당황할 터.

그 순간의 틈에 진천을 비롯한 스무 명의 고수가 합공을 가하는 것이었다.

성공의 확률은 제법 높았지만, 문제는 그들의 기습 계획이 드러난다면 말짱 도루묵이라는 것이었다. 그리고 그들의 계획은 검왕을 비롯한 호위대에게 들통났다.

"하악! 학!"

숨이 점점 가빠지기 시작했다. 기습에 실패한 대가로 검왕에게 받은 검이 폐를 조금 도려냈기 때문이다. 가슴의 상처는 지혈했지만, 그럼에도 불구하고 가슴은 꿀럭꿀럭 핏물을 토해내고 있었다.

의문이 머릿속을 가득 차 올랐다. 하지만 산소가 몸속 깊숙이 파고들자 대부분의 생각이 지워지고 그저 죽음을 향해 서서히 다가가고 있다는 생각만이 떠오를 뿐이었다.

한참을 달렸다. 동의맹이 있는 하남에서 섬서까지 상처 입은 채 쉬지 않고 달려온 것은 그가 절정고수라고 해도 결코 쉬운 일이 아니었다.

'하남제일신투의 신법을 주의 깊게 보아둔 것이 쓸모가 있었어.'

단 한 번만 봐도 모든 초식을 자신의 것으로 만드는 것이 진천의 독특한 재능이었다. 그것은 보법이나 신법에서도 예외는 아니었다.

한 방울 진기의 힘으로도 십 리를 갈 수 있다는 하남제일신투의 신법을 진천은 완벽하지는 않지만 오 할 정도는 구사할 수 있었다.

사삭!

‘쉽지 않군!’

그가 섬서까지 오면서 도주를 멈추지 않는 것은 끊임없이 그의 뒤를 쫓는 기척 때문이었다.

작은 진기로도 오 리를 단숨에 달리는 그를 뒤따르는 추적자의 능력은 놀라울 정도로 대단했다. 전반적인 무공 또한 매우 뛰어나 상처 입은 상태로 그자와 겨룬다면 필패를 벗어나기는 힘들어 보였다.

‘오대악인에 버금가는 실력의 고수가 검왕의 밑에 있었던 말인가?’

추적자의 정체가 검왕일 가능성은 매우 적었다. 몸에서 풍기는 기운이라든지 그가 가진 성격 등을 고려해 보았을 때 그보다는 그의 수하일 게 틀림없었다.

그런데 그의 실력이 예사롭지 않았다.

도주하면서 진천은 몇 번이나 함정과 암습을 시도했다. 하나 복면을 쓴 의문의 추적자는 단 한 차례도 그의 함정에 빠지지 않았으며, 암습도 쉽게 피해냈다.

진천의 이러한 시도가 시간조차 끌지 못했던 것이다.

‘어디까지 도망갈 수 있을까?’

상처가 제법 깊다.

지금까지 쫓아온 것을 보아 상대는 추적의 달인이었다.

아마 자신이 가는 끝까지 쫓아올 것이다.

‘해남도라면……’

해남도. 자신의 제이의 고향으로 돌아간다면 그는 더 이상의 추적이 쉽지 않을 것이다. 해남도에는 수많은 악인들이 있고, 적지만 자신의 친우들도 있다. 또 해남도 근방의 군소 섬에 틀어박힌다면 쫓기란 불가능할 것이다.

예를 들면 지옥도라든지…….

그 누구도 살아서 빠져나오지 못한 곳이지만, 추적을 피하기는 그만한 곳이 없을 것이다.

'하지만 그곳에는 동생이 있다. 그들이 동생의 존재까지 알아버린다면 위험을 피하기는 쉽지 않아.'

그렇다고 같이 도주하기에는 진산의 몸이 너무 약했다. 절정고수들의 추격전에 간신히 내공심법을 겨우 터득한 그가 버티기에는 힘들었다.

더불어 진천이 생각한 지옥도는 그 누구도 생존하지 못한 죽음의 섬. 고수들도 생명의 위협을 받는 그런 곳에서 자신이 버틸 수나 있을까.

뿌득!

진천은 이를 악물었다.

도주가 안 되면 필살의 각오로 적을 상대하는 것이다. 배수진을 치고 적을 상대한다면 그리 어렵지 않을 것 같았다.

진천의 발걸음이 달라졌다.

오로지 빠름만을 위한 발걸음이 이제는 무언가를 찾으려, 추적자를 유인하기 위한 보보로 바뀐 것이다.

그의 시선에 제법 깊어 보이는 소용돌이가 눈에 들어왔다. 콰콰콰 비명을 지르며 부서지는 물결이 제법 매서워 보였다. 내상을 입은 그가 뛰어든다면 살아나기 쉽지 않았다.

하나 그에겐 도주할 곳이 더 이상 없었다.

'좋아, 이곳이다.'

죽음을 각오하고 적을 멸하는 것이다.

그가 익힌 무공은 적의 공격을 먼저 파악하고 공간을 선점하는 것이었다. 때문에 딱히 구명절초라는 것이 존재하지 않았다. 그래서 자신보다 뛰어난 고수를 만나면 패할 수밖에 없는 불완전한 무공이었다.

다만, 진천의 특이한 능력으로 익힌 많은 무인들의 다양한 무공은 그러한 한계를 깨뜨려 줄 것이라 막연하게 기대하고 있었다.

진천이 이러한 배수진을 선택한 것 역시 그러한 이유였다.

"나와라."

진천이 뒤를 돌며 말했다.

"……."

부스럭거리며 복면을 쓴 사내가 모습을 드러냈다. 마른 체형으로 복면과 검은 야행복 대신 다른 옷을 입었더라면 무인이라고는 보기 힘든 사내였다.

언뜻 유약해 보였지만 진천은 방심하지 않았다. 세상에는 수많은 무공이 있고, 그 무공마다 단련하는 곳이 다르다. 진천은 선천적인 무골인지라 건장한 체격을 가지고 있었다. 하지만 그가 익힌 무공은 크게 몸을 혹사시키는 것이 아니었기에 근육 양이 많든 적든 중요하지 않았다.

"……."

복면의 사내는 말이 없었다. 대신 복면에 뚫린 두 개의 구멍 사이로 새까만 동공이 밤하늘의 흉성처럼 빛을 토해냈다.

꿀꺽!

진천은 긴장한 나머지 저도 모르게 침을 삼켰다. 오대악인과 동수를 이룰 정도로 강한 그가 상처 입었다고는 하나 다른 무인을 상대로 이토록 긴장하는 일은 드물었다.

검왕 정도 된다면 모를까.

"너와 같은 고수가 있다는 소리는 못 들었는데……."

스르릉!

진천은 자신의 애병을 꺼내 들었다. 일검일도. 두 개의 도검이 모습을 드러냈다.

검왕의 공격을 받아내느라 반으로 뚝 부러진 도와 잔뜩 금이 간 검은 마치 엉망으로 무너진 그의 현 상황을 표현하는 것 같았다.

"재밌군."

복면의 사내는 그제야 입을 열었다. 복면 위로 그려진 그의 입가가 뒤틀렸다.

사내의 목소리에 진천의 얼굴이 일그러졌다. 아주 낯익은 목소리였기 때문이다. 하지만 목소리로만으로는 그가 누구인지까지는 알 수 없었다.

"네가 배신자냐?"

진천이 노한 목소리로 사내에게 물었다.

"배신자? 흠……."

진천의 말에 사내는 낮은 신음과 함께 고개를 떨어뜨린 채 무언가를 골똘히 생각하기 시작했다.

필살의 각오를 한 진천의 앞에 그러한 태도는 스스로의 자신감에서 나오는 여유인지, 아니면 오만인지 쉬이 판단할 수 없었다.

진천은 사내의 입에서 나올 답을 기다렸다. 먼저 선수를 치기에는 그의 대답이 너무나 궁금했다.

생존보다도 배신자의 정체가 더욱 궁금했다.

"네놈은 누구냐?"

복면의 사내는 고개를 갸웃거리며 입을 열었다.

"아직도 모르겠어? 생각보다 아둔하군. 나를 닮아서 제법 머리가 좋을 줄 알았는데……."

그는 여전히 미소를 짓고 있었다.

진천은 자신의 목덜미 사이로 지나가는 땀에 오도독 소름이 돋기 시작했다.

"다, 당신인가?"

절대로 배신할 리 없을 존재였다. 대부분의 계획은 그의 도움을 받았건만, 그가 배신한다면 이 모든 일들은 실체가 없는 허상일 뿐인 것이다.

뿌드득!

진천이 이를 악물며 복면의 사내, 아니…… 사마휘진을 노려보았다.

"사마휘진!"

쿠아아앙!

그의 일검일도가 거칠게 회오리쳤다.

주위가 천천히 무너진다. 절정고수의 몸에서 폭발하듯 터져 나오는 기의 소용돌이는 마치 자연의 웅대한 그것처럼 강맹했다.

"큭!"

사마휘진은 한 걸음 뒤로 물러서며 그의 공격권에서 벗어났다.

진천은 검과 도를 연달아 사마휘진을 향해 찔러갔다. 격노한 나머지 자신이 내상을 입었다는 사실조차 잊은 그의 공격은 평소 그의 무공과는 다르게 매우 날카롭고 공격적이었다.

사마휘진이 몸을 돌리며 두 손바닥을 쭉 폈다. 손 위로 검붉은 기운이 맺히기 시작했다.

카카카카카캉!

거친 금속음과 함께 손과 도검 사이에 불꽃이 튀었다.

사마휘진은 그 부딪침으로 조금 더 뒤로 물러섰고, 진천은 못이 박힌 듯 자신의 자리를 지켰다.

"음……."

진천이 나직이 신음을 흘렸다. 겉모습에서 진천이 이득을 보고 사마휘진이 해를 본 듯싶었지만, 상황은 오히려 반대였다.

무리하게 몰아치려고 한 진천은 내상이 조금 더 깊어졌고 사마휘진은 진천의 공격에 그저 흐르듯 몸을 맡겼을 뿐이다.

"크윽! 왜! 왜 그러셨던 것입니까!"

진천의 입가에서 한줄기 선혈이 흘러내린다. 그는 그것에 아랑곳하지 않고 사마휘진을 향해 목청을 높였다.

동서무림의 평화를 위해 제 몸을 사리지 않던 가장 존경하는 분이었다.

"평화를 위해 그렇게 뛰어다니시던 당신이…… 가장 복수를 원했어야 하는 당신이 어떻게 배신을 할 수 있단 말입니까!"

진천의 눈에서 진물 같은 눈물이 천천히 흘러내리기 시작했다. 해남도에서부터 평생을 강철같이 살던 그가 처음으로 흘린 눈물이었다.

사마휘진은 복면을 벗었다. 세월의 풍파에 지친 듯한 그의 얼굴은 이미 예전에 진천이 보았던, 강대했던 그것과는 많이 달라져 있었다.

"왜인지…… 알고 싶으냐?"

힘겨운 듯 그는 입을 열었다.

진천은 입을 꾹 다물고 고개를 끄덕였다.

사마휘진은 마치 과거를 그리듯 메마른 하늘을 향해 시선을 돌렸다.

"내가 중원의 평화를 위해 그렇게나 뛰어다녔던 사실은 너도 알 것이다."

사마휘진은 지금도 존경받는 인물이었다. 동서무림의 무의미한 전쟁에 의해 피해 입는 낭인들, 일반인들, 그리고 힘없는 중소문파의 무림인들을 위해 평화적은 통일을 시도했던 최초의 인물이었기 때문이다.

비록 누명을 쓴 채 그의 모든 것이 한 줌의 재로 변해 버렸지만, 많은 사람들이 아직 그를 믿고 있었다.

그것은 그의 아들인 진천도 다르지 않았다.

"그런데 왜 배신을 한 겁니까!"

"소리치지 마라."

진천의 외침에 사마휘진의 미간에 작게 골이 패었다. 진천은 얼른 입을 다물었다. 그의 입이 다물어지는 것은 그도 원하지 않는 것이었다.

사마휘진은 다시금 옛 기억을 회상하기 시작했다.

"십 년, 아니, 십오 년 정도는 되었을 것이다. 나는 정말로 동서무림의 평화를 위했지. 모두가 그것을 원한다고 생각했어. 원래 정파는 정파끼리 사파나 마도는 그들끼리 힘을 모았다. 또 새외에서 강대한 세력이 나타나면 중원 전체가 힘을 모았지. 그래서, 그래서 나는 모든 무림인들이 통일할 수 있는 계기를 필요로 한다 생각했단다.”

동일한 피를 가진, 사상을 가진 이들의 동서 분열. 처음에 그것은 매우 고통스러운 일이었을 것이다. 형제들이 반목하는 것이었고, 한쪽 팔을 떼어내는 듯한 그런 고통이었을 것이다. 하나 지금은 모든 것을 잊은 듯 서로를 원망하는 것이 당연하게 여겨지고 있었다.

사마휘진은 무림을 다시금 원래대로 만들고 싶었다. 새외 세력의 발호에 하나로 합쳐지는 그들의 힘을 사마휘진은 그의 선대에게서 들으며 자랐기 때문에 잘 알고 있었다. 불과 백 년도 되지 않은 가까운 과거의 일이었기 때문이다.

“그러나 무림에는 나와는 다른 생각을 하는 이들도 있더구나.”

새로운 세력의 등장은 동서를 하나로 만들려던 사마휘진을 위협했다. 그들은 강대한 무력을 가지고 있었으며, 또 굳건한 신념마저 가지고 있었다.

동서의 전쟁으로 무림이 차차 망해가는 와중에도 그들은 더욱더 전쟁을 원했고, 평화를 원하던 사마휘진은 끝내 실각하고 무림공적까지 되었다.

“그놈들이 누굽니까? 검왕입니까? 아니면 그 뒤에 또 무언가가 있는 것입니까?”

사마휘진의 말에 진천은 의문을 참지 못하고 입을 열었다.

"검왕이 누구 밑에 있을 자는 아니지. 주체는 분명 그다. 하지만 그의 말에 동조하는 이들 또한 검왕 못지않은 힘을 가지고 있으니 나로서는 역부족이라고 할 수밖에 없구나."

"도대체 그들이 누굽니까!"

진천이 다시금 목청을 높였다. 목에 핏덩이가 칼칼하게 걸리는 느낌이 들었지만 꾹 참았다.

"알고 싶으냐?"

사마휘진이 고개를 떨구며 물었다.

"예, 말씀해 주십시오."

진천은 강한 어조로 말했다.

사마휘진의 시선이 맹렬하게 돌아가는 소용돌이를 향했다. 무엇이든 부술 듯한 별들의 무덤처럼 하얗게 부서지는 소용돌이는 빨려들 것만 같았다.

진천은 미동조차 하지 않은 채 그런 사마휘진을 바라보았다.

"그들을 딱히 무어라 부르는 명칭은 없지. 다만 임의로 속죄자라고만 부를 뿐이야."

"속죄자?"

의미를 알 수 없다는 듯 진천은 고개를 갸웃했다.

"그들은 누군가에게 죄를 지어 속죄를 하는 자들이지."

"누구를 향한 속죄입니까?"

진천의 물음에 사마휘진은 손가락을 하늘을 향해 쳐들었다. 잿빛으로 물든 하늘은 그의 손가락에 힘없이 무너져 내릴 것 같았다.

사마휘진이 천천히 입을 열었다.

"무림의 하늘이자 진정한 지존인 자. 거대한 마룡을 추락시키고 비열한 맹수들에게 땅과 가족을 빼앗긴 고독한 존재의 후손."

"……?"

"곤륜비상."

사마휘진이 내뱉은 말에 진천은 인상을 구겼다. 구전으로만 돌아다니는 환상 같은 전설이 엉뚱한 곳에서 나왔다는 생각 때문이었다.

백 년 전 갑자기 드러난 그는 타락한 팔파와 더러워진 마교를 굴복시키고 홀연히 떠나 버렸다. 그가 세상에 드러난 것은 극히 한순간이었을 뿐 그전에 그가 무엇을 했는지 알려진 바가 없었다.

다만 그가 과거 구파였던 곤륜파의 마지막 후예로 그 누구도 범접할 수 없는 무위를 가지고 있었다는 사실뿐이다.

"그런 허무맹랑한 전설 따위로 저를 이해시킬 수 있다고 생각하십니까? 진실을 말씀해 주십시오!"

진천이 사마휘진을 향해 버럭 화를 냈다.

사마휘진은 고개를 저으며 다시 입을 열었다.

“성내지 말아라. 내가 모든 것을 잃어 홀몸이 되었다고 너마저 나를 얕보는 것이냐? 아들인 네가 나의 말을 믿지 않으면 누가 나를 믿어줄 것이냐?”

자신을 배신한 자가 아버지라면 어떤 마음을 가져야 하는 것인가? 한탄 섞인 그의 말에 진천은 무어라 항변하려다가 이내 입을 다물었다.

방금 전까지 지독하게도 자신을 추적했던 광기 어린 그의 눈이 지금은 너무도 슬퍼 보였기 때문이다.

“죄송합니다.”

진천이 사과하자 사마휘진은 다시금 입을 열었다.

“그들은 매의 의지를 잘못 해석하고 있어. 그가 바란 것은 무림의 멸망. 무림인들에 의해 핍박받는 이들의 자유를 찾는 것이지만, 속죄자들은 순결하고 고강한 무림인들만의 세계를 만들자는 것이라 생각해. 때문에 약한 무림인들은 동서의 전쟁에서 많이 사라지기를 원하지.”

속죄자들의 잘못된 해석으로 인해 많은 이들이 피를 흘리며 죽었다.

피의 속죄.

그리고 단죄.

스스로가 짊어졌어야 할 죗값을 이제는 다른 이들이 대신 치르고 있었다.

“그들의 힘이 팔파와 마교, 오대세가에까지 미치고 있다.

그 수는 많지 않지만, 각 조직에 장로이거니 그 이상의 힘을 가진 이들이지."

각파의 중견, 원로 고수들로 이루어진 조직이라면 그 수가 문제가 아니다. 조직원들을 따르는 정파의 무수한 무림인들을 생각한다면 실제로 무림을 지배하는 존재는 바로 속죄자라는 그들일 것이다.

진천의 이마 사이로 골이 더욱 짙은 그림자를 만들어냈다.

"알겠습니다, 그들이 가진 힘이 저의 상상을 초월을 한다는 것을. 그러나 아버지가 저희를 배신한 것은 그것과는 관계가 없습니다. 검왕이 죽으면 그들 세력에 조금이라도 타격을 입히는 것이니 오히려 득이 되는 일이라고 할 수 있습니다. 그……! 후우……."

진천은 무어라 말을 하려다가 이내 멈추고는 긴 한숨을 토해냈다.

사마휘진의 눈동자가 그런 진천을 담아냈다. 어깨를 축 늘어뜨린 그의 모습은 비 맞은 개마냥 처량했다. 그는 이미 친구와 동료를 잃었으며, 아버지에게마저 배신을 당한 상황이었다.

단 한 가지, 그의 동생만이 머나먼 남쪽 섬에 살아 있다는 것이 그의 유일한 버팀목이 될 뿐이었다.

"그래, 내가 배신을 한 이유를 알고 싶으냐?"

"예, 말씀해 주십시오!"

사마휘진의 물음에 진천은 다시금 목청을 높였다.

왜 배신을 했는가? 사마휘진의 배신을 진천은 이해할 수 없었다. 다른 이유보다 가장 크게 원망해야 할 사람이 복수를 멈추게 하였으니 진천으로서는 도저히 믿을 수 없었던 일이었다.

진천의 시선에 사마휘진은 천천히 입을 열었다.

"우리 사마세가의 뿌리가 어디인 것 같으냐?"

"갑자기 그게 무슨 말이십니까!"

생뚱맞은 사마휘진의 물음에 진천이 버럭 화를 냈다.

"시끄럽다. 소리치지 마라. 너는 왜 그렇게 목청을 높이느냐. 아비가 아비로 보이지 않는 거냐?"

"후우… 왜냐구요? 아버지는 저를 배신했습니다. 그로 인해 친우들과 동료들이 피를 토하고 쓰러졌습니다. 모두가 정의를 위해, 그리고 저를 위해 함께했는데 아버지가, 아버지가 모든 것을 무너뜨렸습니다!"

진천의 말에서 사마휘진은 고개를 저었다. 그리고 그의 입가에는 희미한 미소가 그려지기 시작했다. 방금 전까지만 해도 그 나약해 보이던 모습은 사라지고 사이한 기운만이 남았다.

사마휘진이 다시 입을 열었다.

"그래야 할 필요가 있었다. 검왕은 아직 죽어서도 안 되며 상처를 입어서조차도 안 된다. 내가 할 일을 위해서 말이지."

“무슨 말씀이십니까?”

“간단한 것이란다. 나는 검왕을 노리는 자의 그림자로 들어가기로 했단다.”

사마휘진이 가리키는 이는 복수가 아닌 단수였다.

검왕에 준하는 실력을 가진 이라면 전 무림을 다 뒤져도 한 명밖에 나오지 않는다.

“마왕.”

진천의 말에 사마휘진은 가볍게 고개를 끄덕였다.

검왕이 중원무림의 정파를 뒤에서 지배하고 있다면 마왕은 사마외도를 완전하게 지배하고 있는 존재였다. 현재 정파의 힘이 다소 강하다고는 하지만, 마교의 힘 자체도 정파 전체에 비해 크게 뒤지지 않았고, 사파들이 모인 사련도 점차 그 세를 불리고 있는 상황이었다.

마왕이 지지해 준다면 그것은 정파를 제외한 무림의 힘을 손에 쥐는 것과 마찬가지였다.

“지금 그 말은 아버지께서 마교의 앞잡이가 되겠다는 말씀입니까?”

진천이 아는 사마세가는 정파 중에서도 가장 중심에 있는 세가였다. 세가 사람들 모두가 협의와 정의를 실천했으며 그것이 너무 굳건하여 끝내 꺾여 버리고 말았던 이들이었다.

또 사마세가의 어른들은 지독히도 마교도를 싫어했다. 몇 번이나 있었던 은서각의 전쟁에서도 다른 문파에게는 그리 큰 위해를 가하지 않았지만, 마교에게만은 제 몸을 도외시하고 공격을 감행했을 정도였다.

"우리 세가 사람들이 그토록 싫어하던 마교가 아니었습니까? 저한테도 그렇게 가르치셨고, 때문에 저도 마교도를 보면 애, 어른 가릴 것 없이 손속에 사정을 두지 않았습니다."

마교도라면 치를 떨던 세가의 사람들이었다. 그런데 가주인 그가 마교도가 된다는 사실을 진천은 믿을 수 없었다.

사마휘진은 진천의 말에 희미한 미소를 지었다.

"안 될 것이 무엇이냐? 세상을 사는 것은 화를 내고 성을 내는 방법만이 다가 아니다. 꼭 싸움으로써 일을 해결하는 것만이 전부가 아니다. 사람에게는 다른 방법도 있는 것이다."

"그래서 그것이 배신입니까? 겨우 마왕의 밑에 서려고 배신을 한 것입니까?"

진천의 말에도 사마휘진은 꿈쩍도 하지 않았다. 그는 이미 진천을 보고 있지 않았다.

사마휘진이 아득한 하늘 끝 부분을 보며 입을 다시 열었다.

"우리 세가 사람들이 왜 마교를 싫어하는지 아느냐?"

"……"

진천은 굳이 대답하지 않았다. 지금 상황에서 그런 것을 알아봐야 무슨 소용이 있겠는가? 내상도 더 이상 참기 힘들었다. 아직도 아버지의 입에서는 배신에 대한 정확한 이유가 나오지 않았다.

한때는 동의맹의 정상에 올라섰던 그였다. 그런 그가 무엇 때문에 적인 마왕의 그늘로 들어가려는 것인가?

수많은 의문이 머리 위로 떠오르고 사라지기를 반복했다.

진천이 혼란한 정신을 가다듬으려 노력하는 동안 사마휘진이 말을 이어갔다.

"네가 알고 있는, 세상이 알고 있는 사마세가의 역사는 매우 짧다. 하나 우리 세가의 역사가 마교와 함께한다는 사실을 아는 이가 없어."

"무슨 말씀이십니까?"

사마세가 가진 역사는 매우 짧았다. 지금부터 백여 년 전 갑작스레 등장한 강한 무인들. 일검일도의 두 개 무기를 동시에 다루는 독특한 그들의 무공이 자칫 사도로 몰릴 뻔했지만, 정기가 넘치는 내공 심법과 누구에게도 지지 않는 협의에 사람들은 사마세가를 인정하지 않을 수 없었다.

혜성처럼 등장한 그들의 뒷배경에 무엇이 있는지 아는 이는 존재하지 않았다. 심지어 세가 내에서도 초대 가주와 함께한 장로들을 뺀다면 가주들 외에는 스스로의 정체를 아는 이는 없다.

그것은 소가주였던 진천도 예외가 아니었다.

"…저는 도무지 아버지가 무슨 말씀을 하시는지 모르겠습니다."

두 사람의 이야기가 엇갈리고 있었다. 사마휘진은 사마세

가의 뿌리와 자신의 정당성을 말하고자 했으나 그것은 진천
이 원하는 것이 아니었다.

"……."

사마휘진의 말이 잘리고 두 사람 간의 침묵이 이어졌다. 진
천은 내상이 더 이상 버틸 수 없었기에 사마휘진이 눈치 채지
못하게 조심스레 운기에 들어갔다. 그는 사마휘진이 공격을
감행하지 않을 거라고 굳게 믿은 것이다.

진천이 운기에 들어갔음에도 사마휘진은 눈치 채지 못했
다. 그의 입이 다시 움직였다.

"우리 사마세가의 뿌리는 마교였다. 한때 우리의 선조는
전천후의 무공으로 무림을 지배하려 했다. 아니, 거의 지배하
려는 찰나 곤륜파의 문주에 의해 돌아가시고 말았지."

마룡의 시대. 곤륜파가 다른 팔파에게 배신당하고 사라지
기 바로 전, 모든 문파가 마교에 의해 숨을 죽이고 있을 때를
말하는 것이었다.

그 시절의 마교는 긴 역사 속에서 가장 강성했고, 또 교주
역시 역대 최강이라 불리웠다.

만약 곤륜파나 곤륜의 매가 없었더라면…… 아니, 굳게 잠
겨 있었던 곤륜의 문이 열리지 않았더라면 마교와 마룡은 무
림을 지배하였을 것이다.

"남의 초식을 자신의 것으로 빼앗을 수 있는 능력과 언제
라도 거대한 내공을 받을 수 있는 육체를 가진 것이 바로 마

룡의 능력이자, 우리 사마세가의 혈족 중 본가만이 가지는 힘
이다.”

사마휘진도 그러한 힘을 가졌기에 빠른 시간에 절정고수
가 되었고, 진천도 그 힘을 절반 정도를 이어받았다. 때문에
그는 자신의 무공 외에도 다른 이들의 초식을 베껴 더 높은
수준의 무공을 만들어냈다.

이 모든 것이 마룡에서부터 시작했다고 하니 무시할 수가
없었다.

마룡은 이백 년 전의 마교의 교주였다. 뛰어난 머리와 사이
한 무공의 힘으로 모든 무림인들을 굴복시킨 절대자였다. 지
금의 마왕이나 검왕과는 비교조차 할 수 없는 절대적인 고수
라 할 수 있었다.

하나 그 역시 곤륜에서 나온 절대고수에게 꺾이고 말았으
니 진정한 의미에서 절대고수라 할 수는 없었다.

그러나 지금은 곤륜은 다른 팔파의 배신으로 사라지고, 전
설만으로 남아 있는 매의 전설은 환상에 가까우니 현재 마룡
의 능력을 가진 이의 등장은 검왕과 마왕을 누르고 새로운 절
대자가 될 수 있을 것이다.

사마휘진이 너무 쉽게 절정고수가 되어 깨달음이 검왕과
마왕에 비해 부족한 것뿐, 그가 오랜 시간 거친 고초에 조금
의 시간과 그를 뒤를 받쳐 줄 수 있는 세력만 존재한다면 마
룡의 재림은 꿈이 아닐 수 있었다.

'아버지는…… 너무 변하셨다.'

사마휘진의 말에 진천은 속으로 이제는 자신이 생각한 아버지가 아님을 깨달았다.

성품이 온후하고 물욕이 없던 그였다. 그가 동의맹의 맹주가 된 것도 그러한 성품을 가졌기 때문에 수많은 사람들에 의해 추대되었던 것이다.

언제부터 그는 무림을 지배하려고 마음먹었을까? 오로지 평화만을 위해 몸을 사리지 않던 과거의 그의 모습이 진천의 눈에 선하게 떠올랐다.

'아니, 이제 그 시절의 아버지를 이해할 수 있게 되었다.'

가족을 제대로 돌보지도 못하며 선행과 평화를 위해 뛰어다니시던 아버지는 세가의 뿌리가, 자신의 존재의 뿌리가 마두들의 전설적인 수장인 마룡임을 알고 있었기 때문이었을 것이다.

수많은 이들을 죽음으로 내몰고 무림을 풍비박산 부숴놓은 그의 후손이었기에 마음의 속죄로 평화를 원했던 것이었던 거다.

'한데 왜 이리도 변하셨단 말인가?'

진천은 더 이상의 생각을 접었다. 더욱 운기에 몰두하기 위해 사마휘진의 말에 혹했던 정신을 다시금 가다듬기 시작했다.

뒤이은 사마휘진의 말을 들을 필요가 없다고 생각했기에

그는 귀를 닫고 내공으로 몸속을 치유하기 시작했다.

"후우~"

진천은 숨을 깊이 내쉬며 눈을 떴다. 그의 단전에는 다시 내공이 가득 차고 틀어진 혈맥이 다시 제자리를 찾았다. 한 시진이 조금 넘는 시간 동안의 운기는 그의 몸을 온전케 만들어주었다.

그의 시선이 주위를 살피기 시작했다. 방금 전까지만 해도 존재했던 이가 사라져 있었다.

'하긴 내상을 치료하는 데 한 시진이나 걸렸으니…….'

호법까지는 서주지 않았지만, 주화입마로 인해 정신이 이상해진 사마휘진이 운기를 하는 동안 공격을 가하지 않은 것만 해도 다행이었다.

진천은 주위를 살피기 위해 신형을 움직였다.

'기척은 없다. 한데 이 흔적들은 뭐지?'

사람 어깨 높이의 나뭇가지들이 꺾여 있었고, 초상비로 인한 후폭풍만이 풀 위에 남아 있었다. 그 외에도 발자국을 지운 흔적들이라든지 진천의 시선이 닿는 곳에는 사람들의 것이 틀림없는 흔적들이 남아 있었다.

진천은 사마휘진이 무언가 함정을 파놓은 것이라 짐작될 뿐 더 이상의 예측은 하지 못했다.

"인기척이 느껴지지 않는다고 하여 적이 없는 것은 아니니 조심하자.”

진천의 신형이 다시금 움직였다. 그 방향이 그가 돌아가는 길이 아닌 그 뒤로 있는 소용돌이를 향해서였다.

풍덩!

숨 쉴 틈 없이 회전하는 소용돌이 속으로 진천의 신형이 떨어졌다.

부스럭! 부스럭!

그가 소용돌이 속으로 사라지고 그가 살폈던 곳의 땅이 들썩였다.

콰직!

땅속 깊이 뿌리를 박아둔 나무들이 쓰러지고 그 사이로 제 몸을 검게 칠한 수십의 인영들이 모습을 드러냈다.

퀭한 눈자위 사이로 드러난 그들의 눈은 인간의 것이라고는 볼 수 없는 흉흉한 빛을 띠고 있었다.

“우우우—!”

그들 가운데 유일하게 온몸을 푸르게 칠한 인영이 길게 울음을 내뱉었다.

“우우우우우우우—!”

대장으로 보이는 푸른 인영이 울음을 내뱉자 다른 인영들도 제각각 울음을 토해내기 시작했다.

그들의 울음이 반 각 정도 지나자 한 사람이 모습을 드러냈다. 녹색 경장을 입은 사내는 한쪽 눈에 안대를 하고 있었다.

"결국 저기로 도망간 것인가?"

녹의의 사내는 소용돌이를 보며 말했다.

콰콰콰!

폭발하듯 흐르는 소용돌이 속은 숨조차 쉬기 힘들 정도로 맹렬하게 돌아가고 있었다. 자신의 무공으로는 소용돌이 속에 들어가면 죽음을 면하기 힘들어 보였다. 하지만 절정고수에서도 상급에 속하는 진천이라면 또 다를지도 몰랐다.

녹의의 사내는 인영들 앞에 수인을 맺었다. 양손의 검지와 중지가 여러 번 겹치고 흩어지자 인영들의 신형이 촛불처럼 꺼졌다.

풍덩! 풍덩!

소용돌이 위로 수십 개의 물기둥이 나타났다가 사라졌다. 주위를 포위하던 모든 인영들이 소용돌이 속으로 몸을 던진 것이다.

"강시들이라면 그를 잡을 수 있겠지."

녹의의 사내는 소용돌이의 끝을 바라보며 말했다. 예전에 강시의 파괴법이 발견된 마당에 강시의 용도는 무용하다고 볼 수 있었지만, 그들의 수가 수십인지라 절정고수라 해도 쉽지는 않을 것이다.

"그를 데려가면 맹주님이 기뻐하시겠지."

요즘 한창 청소부의 부활 소문으로 인해 시끄러웠다.

지금과 같은 상황에서 속죄자들의 대장인 맹주를 노린 진천의 행동이 청소부들과 관련이 없다고 볼 수 없었다.

그가 토해내는 정보로 인해 과거 속죄자들과 쌍을 이룬 청소부들의 부활을 저지할 수 있을 것이다.

"버려진 강시 부대를 맡았을 때는 출세와 멀어지는 줄 알았건만, 좀 더 중앙에 가까워질 수 있는 기회가 왔어. 크크크!"

사내는 음산한 웃음을 흘리며 강을 따라 내려가기 시작했다.

"푸하!"

진천이 숨을 토해내며 물 밖으로 나왔다.

소용돌이의 끝은 생각보다 매우 길었다. 나선의 끝으로 파고들어 바깥으로 나오기까지 거의 두 시진 가까이 걸렸다. 물의 압력과 호흡의 압박 등은 그가 절정고수라 해도 쉬이 버텨낼 수 있는 것은 아니었다. 내공으로 몸을 보호하고 귀식대법을 펼쳤기에 그나마 버텨낼 수 있었다.

진천은 물에 몸을 맡긴 채 멍하니 하늘을 바라보았다. 하늘은 이미 밤에 물들어 검게 변해 있었고, 그 사이사이를 푸른 별들이 채우고 있었다.

위험에서 빠져나오자 안심이 되었다.

진천은 그곳에서 무언가 있음을 알았지만 그것이 무엇인지 짐작할 수 없었기에 더 두려웠다.

그간의 경험이 길다고는 할 수 없었지만, 질적으로는 결코 떨어지지 않았다. 그러한 경험으로 진천이 위기를 느끼는 감각만은 이미 초절정고수에 가까워져 있었다.

"하지만 의문은 운기할 때 습격하지 않았다는 것이다."

그가 절정고수에서도 상급에 속하는 고수라 해도 운기 중에 공격을 받으면 죽음을 면키 힘들다. 그런데 누군가 호법을 서준 것도 아님에도 자신을 공격하지 않았다. 그것이 의문으로 남는 것이었다.

진천이 누군가에 의해 살해당했다는 사실을 중원 곳곳에 몸을 숨기고 있는 청소부에게 알리려 한 그들의 계획을 그로서는 알 리가 없었다.

지우기 힘든 흔적들이 그의 주위에서 드러났지만 인기척은 느낄 수 없었고, 그렇다고 자신을 노리지도 않았다.

'뭐, 그곳에서 벗어났으니 더 이상 나를 쫓아올 거란 생각은 하지 않지만.'

이미 위험에서 빠져나온 이상 굳이 그 의문에 대해 파고들고 싶은 생각은 없었다.

진천은 헤엄쳐 강가로 나왔다. 물살이 그의 손길을 따라 쭉쭉 갈라져 나갔다.

"흠!"

팡!

물 밖으로 나온 그가 내공을 일으키자 축축하게 젖은 옷이 폭발할 듯 진동하며 물을 튕겨냈다. 물방울들이 사라지고 진천은 다시금 내공을 끌어올렸다. 후끈한 열기가 다시 한 번 그의 몸을 훑고 남은 물기를 모두 마르게 하였다.

옷을 말린 진천이 자리에서 일어나 발걸음을 옮겼다.

'먼저 진산에게 이 사실을 알려야 해. 아버지가 그를 이용한다면 일은 돌이킬 수 없는 상황까지 가게 되고 말 것이야.'

무림공적.

해남도에는 그런 인간들이 많다. 그런 만큼 매우 위험했다. 몸도 약하고 무공도 그저 그런 진산이 살기에는 적합하지 않았다.

하나 중원보다는 안전했다. 해남도에는 보이는 칼만 조심하면 되지만, 중원은 보이지 않는 칼도 조심해야 했다.

"후우, 어떤 방법이 가장 빨리 갈까?"

전서구를 통해 전서를 보내는 것이 가장 빠를 것이다. 그가 아무리 빠르다고 해도 하늘을 나는 새보다는 빠르지 않다.

그러나 속도만을 생각하고 전서구를 보냈다가 진산이 전서구를 받지 못하는 상황이라면, 누군가에 의해 중간에 전서를 빼앗긴다면 그가 원하는 바를 이룰 수 없게 된다.

그렇다고 진천 그 자신이 직접 갈 수도 없었다. 무림공적으로 쫓기는 그가 해남도까지 누군가에게 들키지 않고 가는 것은 쉬운 일이 아니었다.

'누구에게 부탁해야 할까?'

하지만 마땅히 떠오르는 사람이 없었다. 자신의 혈맹원들은 모두 검왕과 그 친위대의 손에 명을 달리했다.

한참을 고민하던 진천의 머릿속으로 한 사람이 떠올랐다. 성격은 괴팍하지만 믿을 만한 사람이었다. 또 무공 역시 고강하여 누군가 그를 해한다는 일은 상상조차 하기 힘든 이였다.

"사자금웅. 그래, 그에게 부탁해야겠어."

진천은 품속에서 꼬깃꼬깃 구겨진 종이를 꺼냈다. 옷과 함께 젖었던 종이가 말라 잔뜩 구겨져 있었지만, 전서로 쓰기엔 부족하지 않았다.

붓과 먹을 꺼내 종이 위에 그간의 일들을 하나하나 적기 시작했다. 작은 그림자가 종이 위에서 점차 길어진다.

반 시진 정도 서찰을 적은 그는 인근 마을을 향해 신형을 날렸다. 주위의 지리를 모름에도 그는 사람들이 남기는 사소한 흔적이나 인기척으로 마을을 찾아갈 수 있었다.

진천은 곧 호북성의 운현이란 마을에 도착했다. 섬서에서 빠진 소용돌이가 호북성의 북쪽까지 연결되어 있었던 것이다.

운현은 작지도 크지도 않은 마을이었다. 그럼에도 사람들이 많았던 이유는 동서의 경계에 위치해 낭인이나 용병들이 많기 때문이었다.

하지만 아직 전쟁이 끝나지 않은 상황이었기에 운현은 사람이 많이 오감에도 발전할 수 없었다.

진천은 전서구와 전서응을 전문적으로 취급하는 비전맹(飛傳盟)을 찾아 전서를 맡겼다.

그리고는 그는 서쪽을 향해 발걸음을 돌렸다. 동의맹주에게 찍힌 마당에 더 이상 동무림의 영향 아래 있어서 좋을 일은 없었다. 또 이 일의 발단이 된 자신의 아버지, 사마휘진을 다시 만나보고 싶었다.

그의 신형이 어둠 속에서 그림자처럼 녹아들었다. 꺼져 가는 촉광의 그림자처럼 사라지는 진천의 뒤로 숨소리조차 내지 않는 수십의 검은 그림자들이 쫓았다.

달도 빛을 잃어 별들만이 빛을 토하는 밤이었다.

第二十五章

귀로(歸路)

꾸깃!

진산의 손에서 종이가 구겨진다.

"사마휘진이라고 했던가?"

철들기 전부터 형과 함께 살았고, 해남도는 워낙 부모가 없
는 아이들이 많았던지라 자신의 아버지나 어머니에 대한 생
각은 해본 적이 없었다.

진천의 복수에 대해서도 그는 알지 못했다. 이는 진천이 철
저하게 비밀로 숨긴 것도 있었지만, 진산 그 자신이 알려고
하지 않았음도 한몫했다.

그가 마음만 먹었더라면 그런 사정에 대해 아는 것은 그리

어려운 일이 아니었으니 말이다.

'나는 단지 형을 찾으려고만 했지, 형이 무슨 이유로 중원에 갔는지는 알려고 하지 않았구나.'

때늦은 후회가 밀려들었다. 서찰의 내용으로는 알 수 없었지만, 그간 수집한 정보와 증거 자료로 보아 도주에 실패한 진천은 결국 동의맹주 검왕에게 잡히고 만 듯했다.

'깨달음을 얻어 형에 대한 맹목적인 집착은 많이 사라졌다. 하지만 이 이야기는 마무리 지어야겠지.'

그것이 이미 죽은 형에 대한 보답일 것 같았다.

진산이 걸음을 돌렸다. 비는 어느새 그치고 곱게 깔린 양탄자처럼 펼쳐진 검은 하늘만이 남아 있었다.

그가 밖으로 나서자 암룡대가 그림자처럼 뒤를 따르고 뒤늦게 오대악인들이 사자금웅을 부축하며 뒤쫓았다. 이미 서찰의 내용을 확인한 일행은 더 이상 입을 열지 않았다.

그들은 조용히 마교를 향해 발걸음을 옮기기 시작했다.

*　　　*　　　*

대락조를 비롯한 해남파는 마교를 향해 발걸음을 옮겼다. 사련과의 전쟁에서 그들이 일으킨 명성은 결코 작은 것이 아닌지라 그리 많지 않은 인원임에도 명성을 노리고 습격을 가해오는 이는 많지 않았다.

그나마 공격을 감행하는 몇 조직들은 그들의 손에 완벽하게 와해되어 복수조차 생각지 못하게 만들었다.

처음 그들의 철저한 공격에 천소지나 야율령도 놀랐지만, 그들도 사도 계열 출신이라 그러한 상황은 금세 익숙해졌다.

"거 아직도 멀었소?"

황금충이 사타구니 사이를 긁으며 야율령에게 물었다. 현재 마교로 향하는 해남파의 길잡이는 야율령이었다. 그가 마교 출신이니 어쩌면 당연하다고 볼 수도 있었는데, 아쉽게도 야율령은 이들을 최대한 늦게 마교로 보낼 생각이었다.

그들은 막강한 힘이다. 현재 대부분의 문도들이 다시 해남도로 돌아갔지만, 대락조나 해룡단 등의 핵심 공격 부대는 고스란히 남아 있었다.

마교의 힘은 결코 약하지 않았다. 이백 년 전까지만 해도 마교는 중원무림 전체를 위협하는 세력이었다. 허나 백여 년 전 교주가 실각하고, 내분이 격해져 점차 그 세가 약해진 것뿐이다. 그렇다 해도 팔대문파와 그 힘을 견주어도 손색이 없었다. 지금의 마교는 절대적인 무공을 지닌 교주가 오랜 시간에 걸쳐 정비해 와 제이의 전성기를 맞이할 준비가 되어 있었다. 더 이상 마교는 팔대문파와 견주는 수준의 세력이 아니었다.

하지만 해남파의 무력도 무시할 수는 없었다. 그들의 수는 겨우 이삼백뿐이었지만 개개인 모두가 정예이고, 그중 대락조는 모두 야율령 정도는 상상조차 할 수 없을 정도로 강한 존재들이었다.

"마교는 신강에 있습니다. 우리가 출발한 곳이 중원의 남동쪽에 위치한 강서성이었으니 시일이 걸리는 것은 어쩔 수 없습니다."

해남파는 먼저 문주의 시신과 진천의 시신을 해남도로 모시기 위해 강서성까지 내려갔다. 그리고 해남도로 돌아가는 나머지 문도들에게 맡기고 다시 마교로 향하는 중이었던 것이다.

"휴우— 알겠소."

길잡이가 그렇게 말하자 황금충도 어쩔 수 없다는 듯이 한숨을 내뱉고는 물러갔다.

황금충이 대단한 고수인 것은 틀림없지만, 대락조에서는 막내였다. 그와 비슷한 수준이거나 그보다 더 강한 자들이 넷이나 더 있었기 때문이다.

힘없이 돌아가는 황금충의 모습을 보아하니 막내인 그가 누군가의 물음에 심부름을 다녀온 것이 틀림없었다.

그만한 고수를 겨우 심부름 따위로 부려먹는 것 외에 이해할 수 없는 것이 한두 가지가 아닌지라 야율령은 포기하고 다시 길잡이 일에 전념했다.

멀리서 그녀의 모습을 본 소지는 슬쩍 부단장에게 다가가 물었다.

"저자 이름이 뭐지? 되게 한심해 보이네."

그의 손이 황금충을 가리키자 부단장이 기겁하면서 천소지의 목을 꺼안으며 그의 입을 틀어막았다.

"함부로 말하지 마. 저분은 대락조의 황금충이란 분이시다."

"아, 그 산이가 있던 조직?"

"그렇지. 조장님이 계셨던 곳이지. 사실 이제껏 존재하는지조차 모를 정도로 비밀리에만 계시던 분이지만……."

부단장은 말을 하던 중 침을 꿀꺽 삼켰다.

대락조는 해남파에서는 거의 전설로만 치부되는 부대였다. 하나 그들이 나타나 활약했던 것이 그리 오래전의 일이 아니었으니 그들이 진정 존재했다는 사실을 모르는 이가 없었다.

다만 해남도가 하나로 통합되자, 그동안 지대한 공을 세운 악귀를 비롯한 대락조의 존재가 사라져 버렸다. 그러자 사람들에게는 의문이 쌓여가기 시작했다. 그들의 존재가 허상이었을 것이라는 말도 그때부터 나오기 시작했다.

실제 대락조는 최전선에서만 싸웠기 때문에 그들을 본 이들 중 살아남이 있는 이가 적었다. 매우 극소수의 인원만이 살아남은 것이다.

그 몇몇 소수의 살아남은 이들은 굳이 대락조에 대한 이야기를 언급하지 않았다. 그들은 구태여 떠벌릴 필요가 없었기 때문이다. 그뿐만 아니라 그들의 무위를 직접 본 그들로서는 대락조의 심기를 거스르고 싶지 않았다.

진천의 사망 소식이 전해지고 문주는 대락조을 불렀다. 거의 전설로만 존재하는 그들이 실제 나타나자 문도들은 실망하는 기색을 지우지 못했다.

암기에 관한 한 그 누구에게도 지지 않는 황금충은 질 좋은 자색 비단옷을 입은 것에 비해 사타구니를 긁거나 코딱지를 파는 등 위엄있는 모습을 보기 어려웠다.

시꺼먼 옷과 복면을 쓴 암영자 역시 그랬다. 암습과 독의 달인이라고 하는 그의 모습은 몇 세대 전에서나 보았을 법한 촌스런 야행복과 주렁주렁 달린 독통들로 인해 후줄근하게 보였다.

염일도와 빙월창은 툭하면 서로 티격태격 싸우는 것이 고강한 무공과는 어울리지 않게 철이 덜 든 것 같았다.

마지막으로 여섯 개의 병장기를 한꺼번에 다룬다는 위지선은 여자였다. 건장한 사내라 생각했는데 오히려 선이 아름다운 여성이라 실망을 금치 못했다.

그러나 그런 문도들의 실망을 단번에 날려 버린 것은 그들이 단상 위에 오른 뒤부터였다.

절정고수만이 뿜어낼 수 있는 기세. 거센 돌풍처럼 그들의 기운이 해남파 전체로 퍼져 나갔다. 가까이에 있는 무사들은 숨조차 쉬기 힘들어 컥컥대고, 조금 거리가 떨어져 있던 무사들 역시 안색이 파리하게 질려 버렸다.

그 일 이후에도 중원에 나온 뒤 최전선에 선 그들의 무위는 무의 신을 보는 듯했다.

무수한 암기가 황금충 손에서 뿌려졌고, 암영자가 움직이면 적장이 쓰러졌다. 염일도는 지옥의 불길처럼 적병의 몸을 태워 재로 만들고, 빙월창의 창은 극한의 기운으로 적을 얼렸다.

그런 그들 중 단연 최강은 위지선이었다. 특이한 기공이나 무공을 익히지 않은 듯한 그녀인데도 두 개의 병기를 양손에 잡고 적을 하나하나 죽여 나갔다. 필살의 의지를 담은 적 고수의 공격은 완벽하게 무력화되어 버리고, 그녀의 단 한 수에 숨을 거두고 말았다.

부단장은 그런 것을 모두 보았다. 그리고 그는 그 이전에 최전선에 서서 함께 싸웠던 자로 과거의 피 묻은 기억까지 가지고 있었다.

대락조의 무서움은, 진산과 다섯 무신들에 대한 두려움은 그 누구보다도 잘 알고 있었다.

부단장의 이야기가 끝나자 천소지는 믿을 수 없다는 듯이 고개를 저었다. 그의 눈에 들어온 황금충은 완전한 무방비였다. 부단장과 자신 중 누구 하나가 나서도 가볍게 격살할 수 있을 것 같았다.

"나는 직접 보지 않고는 못 믿겠어."

소지는 황금충의 강함을 믿지 못했다. 염일도와 빙월창은 계속 티격태격하며 은연중 기운을 흘러내기 때문에 그들의 강함을 피부로 느낄 수 있었다. 암영자의 경우는 천소지가 살수인지라 그에게서 풍겨지는 위화감으로 알 수 있었다. 위지선의 경우는 단숨에 염일도와 빙월창의 싸움을 힘으로써 중재하는 것을 보았다.

다만 황금충만은 고수로서의 기운도 풍겨내지 않았고, 염일도와 빙월창에게 자주 갈굼을 당하는 것도 보았다.

대락조는 모두 절정고수이다. 위지선을 비롯한 다른 세 명의 조원은 자신보다 강하다는 것을 인정할 수 있었다. 같은 절정고수에서도 서열은 있는 법이기 때문이다.

하지만 황금충은 절정고수이기는 한 것 같은데 자신보다 강할 것 같지 않았다. 그저 일행이 강하기 때문에 그 역시 강할 거라는 생각으로 포장된 것 같았다.

'나도 같은 절정고수라고. 이 기회에 구겨진 내 위신 좀 세워봐야겠어.'

"어이, 황금벌레."

소지가 황금충을 불러세웠다.

황금충이 고개를 돌렸다. 선배들에게 잔뜩 잔소리를 들은 후라 기분이 많이 언짢았다. 그런 그의 눈에 자신을 고깝지 않은 눈으로 보는 싸가지가 들어왔다.

"아하~!"

천소지는 자신을 꺾은 부단장이 그토록 두려워하는 이유

를 생각했어야 했다.

　제갈청을 비롯한 전 소가주 일행은 마교로 향하고 있었다. 그들은 과거 소가주였던 만큼 여행에 관해서는 누구보다도 편하게 했다. 넉넉한 자금이나 수행인을 두고 다녔던지라, 지금처럼 아무런 준비 없이 길을 걷는 것이 쉽지 않았다.
　무림인으로서 체력적인 문제는 없었으나 식량과 금전적인 문제로 생활은 쉽지 않았다.
　그들의 걸음은 점차 늦어졌고, 감숙성에 이른 지금은 더 이상 걸을 힘조차 나질 않았다. 가문에 신세지지 않기로 결정한 마당에 자존심 강한 그들이 가문에 손을 벌릴 수는 없었다.
　굶고 지친 걸음이 며칠이나 이어지자 결국 그들은 탈진해 쓰러지고 말았다.
　'내가 준비도 하지 않고 길을 떠나다니…… 너무 경솔했어!'
　하지만 제갈청 역시 이런 일들을 모두 시종에게 맡겼으니 딱히 준비라 해서 할 수 있는 것은 없었다.
　표사 일을 해서 돈을 벌 정도로 그들의 자존심이 작지 않았고, 누군가에게 돈을 강탈할 정도로 배움이 얕지도 않았다.
　끝내 그들은 힘없이 쓰러졌다. 바위에, 그루터기에 누운 그들은 쌕쌕 힘든 숨을 골랐다. 무공이 아무리 고강하다고 하나 공복과 강행군에는 달리 방법이 없었다.

퍼억! 퍽!

"끄, 끄아악!"

그때 누군가의 비명 소리가 들려왔다. 그 소리에 제갈청이 벌떡 일어났다. 이곳은 마교와 제법 가까운 곳이었다. 마교가 멀지 않은 곳이라 해도 이곳은 서무림의 땅이었다. 얼굴이 잘 알려진 그들에게는 분명 위험한 곳이었다.

스릉!

제갈청의 검이 천천히 뽑혀 나왔다. 낮게 우는 그의 검이 떨어지는 달빛을 받아 빛을 발하였다.

그를 따라 남궁유성과 남궁유미, 팽설향 역시 각자의 병장기를 꺼내 들었다. 날카로운 예기가 검과 도 위로 반짝였다.

"적인가?"

"그렇다면 둘 중 하나는 아군이겠지."

남궁유성의 물음에 제갈청이 능글맞은 웃음을 지으며 말했다. 그들은 조심스럽게 소리가 나는 곳을 향해 발걸음을 옮겼다.

지친 몸은 쉬이 움직여 주지 않았다. 텅 빈 속이 마치 공동과도 같아 더욱 허전하게 느껴졌다. 그들은 그 허전함을 내공을 불어넣어 채웠다.

"호으으으."

나직한 신음이 남궁유성의 입에서 흘러나왔다. 트림과 같은 내공이 슬그머니 빠져나왔다. 더불어 내공은 주위의 기운을 한꺼번에 빼앗아 다시 남궁유성에게 흘러들어 갔다.

주위의 기운이 흔들렸다.

제갈청과 남궁유미와 팽설향의 시선이 남궁유성을 향했다. 빠르게 돌아가는 시선 가운데 남궁유성은 작지만 조금 만족할 만큼의 포만감을 느꼈다.

"누구지?"

누군가의 목소리가 뒤에서 들려왔다. 제갈청을 비롯한 일행은 숨을 죽이고 움직임을 멈췄다. 그의 목소리가 들려올 때까지 기척조차 느끼지 못했다.

남궁유성의 눈동자에 한 사내의 모습이 비춰졌다. 자색 비단옷에 싱글거리는 미소를 입에 달고 있었다.

"후우!"

제갈청은 숨을 힘껏 내쉬고는 고개를 돌렸다. 등 뒤의 상대에게서 적의는 느껴지지 않았다. 그리고 만약 그가 적의를 가졌더라면 물음보다는 칼날이 먼저 날아왔을 것이다.

사내는 젊었다. 아니, 어리다고 생각될 정도였다. 독충들이 가득 새겨진 자색 비단옷이 섬뜩하게 느껴졌지만, 여인보다 고운 피부와 가는 눈매, 통통하게 오른 볼살은 큰 덩치에도 불구하고 어리게만 느껴졌다.

사내의 무공을 가늠할 수 없었다.

제갈청은 고수다. 일행의 남궁유성보다는 강하지는 않았지만, 상대를 파악하는 능력만은 월등하게 뛰어났다.

그런 그의 눈에 비쳐진 사내는 너무도 평범했다.

'주안술인가?'

제갈청의 머릿속에서 문득 사술이 하나 떠올랐다. 이곳이 과거 사련이 존재했던 곳이라는 사실과 제갈청이 가늠할 수 없는 고수라는 사실이 그렇게 느껴지게 만들었다.

사내가 미소를 지은 채 입을 열었다.

"누구냐니까?"

사내의 몸에서 살기가 흘러나왔다.

가슴을 옥죄이는 듯한 고통이 일행 전부에게 느껴졌다.

'너무 강해!'

남궁유미와 팽설향은 대적할 의지를 잃었다. 반면 남궁유성은 검을 더욱 강하게 쥐며 그를 노려보았다. 동굴 안에서 짧은 시간이었지만 피를 흘리며 무공을 갈고닦았다. 제갈가와 남궁가, 팽가의 무공을 모두 드러내 서로의 약점과 강점을 찾아 지우고 진화시켰다.

현재 남궁유성은 동무림 전체에서 스무 손가락 안에 들 수 있다고 자신했다. 그것은 서무림에서도 크게 다르지 않았다.

딱!

제갈청의 손에서 하나의 지력이 튕겨져 나와 남궁유성의 마혈을 점혈했다.

"어?!"

기습적인 아군의 공격에 남궁유성은 꼼짝없이 당하고 말

았다.

제갈청이 사용하는 제갈가의 무공은 그리 뛰어난 것은 아니었지만, 지략의 대가인 그들의 무공답게 상대하기 까다로웠다.

사자금웅의 내공은 순식간에 제갈청의 혈도 사이사이로 파고들어 뿌리를 내리듯 그의 온몸에 퍼져 갔다. 마혈을 풀려면 아무리 남궁유성이라도 시간이 조금 걸릴 듯싶었다.

'멍청하긴!'

제갈청은 멍하니 굳어버린 남궁유성을 바라보며 속으로 욕지거리를 내뱉었다.

자신을 포함한 일행 모두가 강해진 것은 틀림없었다. 자신의 기준으로 봐도 동무림 내에서 고수 소리를 들을 정도로 강해졌다.

하지만 일행은 아직 다듬어지지 않은 상태였다. 화끈하게 달아오른 철이기는 했지만, 아직 담금질이 막 시작된 상태였다. 앞으로 더 강해질 수 있었고, 강해져야만 했다.

그런 상황에서 눈앞의 사내와의 만남은 그리 달가운 일이 아니었다.

사내의 무위는 일행을 훨씬 상회하고 있었다. 감히 짐작도 할 수 없는 수준인지라 공격을 감행할 마음도 생기지 않았다. 남궁유성을 막은 것도 그러한 이유 때문이었다.

상대의 강함을 알면 꼬리를 내릴 줄도 알아야 했다. 그 점에서 남궁유성은 자존심이 너무 강했다.

"저는 제갈청이라고 합니다. 그리고 이들은 저의 일행입니다."

'원수인 사련이 무너진 상황이다. 굳이 거짓말을 할 필요는 없지. 그리고 나를 비롯한 일행은 이미 가문 내에서 실각한 마당이다. 인질로서의 가치도 없어.'

또 작지만 눈꺼풀 사이로 박혀 있는 그의 눈은 매우 날카로워 거짓이라도 하면 단번에 알아차릴 것 같았다.

"제갈청? 그럼 오대세가 중 하나인 제갈세가의 사람이군. 그런데 왜 동무림의 제갈세가 사람이 서무림 끝에 있지?"

사내는 고개를 갸웃거리다가 이내 고개를 다시 저었다.

"뭐 상관없겠지. 나는 황금충이다."

황금충은 제갈청을 향해 손을 내밀었다. 선뜻 내민 그의 손을 제갈청은 저도 모르게 잡았다.

제갈청의 몸속으로 다른 이의 진기가 파고들었다. 그것은 마치 대지에 머리를 박는 지렁이처럼 끈질기게 제갈청 혈맥 구석구석으로 뻗어나갔다.

'당했다!'

자신의 어리석음을 탓하며 제갈청은 재빨리 내공을 끌어올렸다.

황금충이 쏘아낸 기운은 잠시 움찔거렸지만 이내 더욱 강한 기운으로 제갈청의 몸속으로 파고들어 왔다.

‘크윽!’

반항하자 혈맥이 으스러지는 듯한 고통이 몸 전체에서 느껴져 왔다.

제갈청이 아픔 때문에 저항할 힘을 잃자 고통은 눈 녹듯 사라져 버렸다. 그에게서 공격할 의사가 느껴지지 않았던지라 제갈청은 반항하기를 그만두었다.

“흠, 제갈세가의 기이기는 한데…… 좀 섞였어.”

황금충은 의심스러운 눈길로 제갈청을 바라보았다. 과거 제갈세가 사람과도 함께했던 적이 있었던바, 그들의 독특한 기운을 알고 있었다.

하지만 의심을 하기에는 제갈청의 몸에서 느껴지는 기운이 제갈세가 고유의 기공을 통해 만들어진 것이라는 사실을 지울 수 없었다. 다만, 다른 무언가가 조금 섞여 탁해졌을 뿐.

‘위험해. 경계심이 많은 자야.’

황금충의 말에 제갈청은 바싹 긴장했다.

이런 이들은 자신이 직접 경험하지 않는 이상 쉬이 믿지 않는다. 그리고 확실하지 않으면 그 위험을 제거하려고 한다.

상대는 자신을 훨씬 뛰어넘는 고수다. 일행의 실력이 비슷하니 모두 덤벼도 승산은 없었다.

‘도주는 더더욱 불가능하겠지.’

지친 몸에 전투는 물론이거니와 도주도 불가능하다. 일행 중 누군가가 희생한다고 해도 황금충은 별 무리 없이 일행을 따라붙을 것이다.

제갈청이 이 상황을 어떻게 해야 할지 고민하는 동안 황금 충은 다른 일행을 향해 시선을 돌렸다.

'남궁세가와 하북팽가의 사람도 있군.'

그들의 몸에서 풍겨지는 기운 역시 많이 섞여 있었지만, 세가의 심법 특유의 기운을 지울 수는 없었다. 처음 제갈청을 보았을 때는 헷갈리는 감이 없잖아 있었지만, 그의 내부를 살펴본 뒤에는 오히려 명확하게 그들의 정체를 알아낼 수 있었다.

"너는 누구냐? 마교의 인물인가?"

혈을 푼 남궁유성이 목소리를 높였다.

사련이 망한 뒤 그만한 고수를 만들 수 있는 곳은 손에 꼽을 정도였다. 마교를 목전에 둔 상황에서 황금충을 마교의 마두로 보는 것도 무리가 아니었다.

'아니, 이자는 마교의 무사가 아니야. 내 몸속으로 파고든 기운은 마교의 것이라 볼 수 없을 정도로 정순해.'

차라리 정파라 볼 수 있는 내공 심법이었다. 하나 그의 몸에 두른 독충들을 보아 어느 대문파의 정파라고는 볼 수 없었다. 사천당문이 있기도 했지만, 거대 세가의 무사들은 세가 밖에서는 표시가 분명한 옷을 입고 있어 구별하기 어렵지 않았다.

그때 황금충 뒤에서 엉망이 된 사내가 모습을 드러냈다. 눈이 밤탱이가 되고, 얼굴이 퉁퉁 부었지만 그의 정체를 알아차리는 것은 크게 어려운 일이 아니었다.

"천소지!"

"진산의 호위?! 아니, 형님이었나?"

"아니, 둘 다였어요. 그때는 진산이 무공을 숨기서서 호위를 해주는 입장이었죠."

소지를 발견한 제갈청, 남궁유성, 남궁유미의 입이 거의 동시에 움직였다.

"그런데 왜 여기 있지? 하면 진산도 여기 있는 것인가?"

남궁유성이 주위를 훑었다. 하지만 그들 주위에는 황금충과 천소지를 제외하고는 아무도 없었다. 해남파 일행은 이미 마교를 향해 가고 있었고, 황금충은 천소지 교육 목적으로 조금 떨어져 있었던 것이다.

"아니, 그때의 상황을 떠올려 봐. 그때 소지와 진산은 떨어졌다. 그리고 제법 시간이 흘렀어. 그런데 진산은 마교에 있고, 소지는 여기에서 얼쩡거리다가 고수에게 당했지. 이자는 남궁세가에서 본 뒤로 보지 못했지. 아마 그때 진산과 떨어졌을 거야. 그리고 진산이 마교로 간다는 소식을 뒤늦게 전해 듣고 그를 다시 만나러 가다가 같잖은 실력만을 믿고 함부로 돌아다니다가 여기 있는 분들에게 당한 것이 틀림없어."

정곡을 찔린 듯 천소지가 움찔했다.

"감히 누구 이름을 함부로 말하는 거냐?"

그때 황금충이 스산한 기운을 뿜어내며 입을 열었다. 잔뜩 경계하는 태도는 어느새 사라져 있었다. 그 대신 그의 몸에서는 지독한 한기가 흘러나오기 시작했다.

제갈청을 비롯한 일행은 물론, 동료라고도 할 수 있는 천소지조차도 숨을 죽이게 만드는 기운이었다.

황금충에게, 아니, 대락조에게 진산의 존재는 신과 같았다. 상대를 철저하게 무너뜨리고 압도적인 무위를 보여주는 무신이었다. 그가 가진 이름은, 어린아이에게 함부로 불릴 것이 아니었다.

"대장님이 누구의 형제고, 약해서 이따위 녀석을 호위로 하고 있다고 했나?"

강함에 있어서는 중원의 왕들과 비견되는 존재다. 천하제일살수라는 말도 안 되는 거짓 별호를 달고 있는 천소지와는 질적으로 달랐다.

호위를 받는다면 진산이 아니라 천소지가 받는 것이 더 정확할 것이다.

"지, 진산을 말하는 거요?"

남궁유성이 떨리는 목소리로 물었다.

뿌득!

황금충이 이를 갈며 기를 끌어올렸다. 수를 헤아릴 수 없는 암기가 그가 입은 자색 비단옷 속에 숨겨져 있다. 그중 하나만 튕겨내도 눈앞의 애송이 정도는 가볍게 해치울 수 있었다.

‘인내, 인내, 인내심.’

암기를 다루는 사람으로서 인내심은 필수다. 항상 주위를 냉철하게 관찰하고, 상황에 맞는 암기를 써야 한다.

황금충은 그런 점이 부족했다. 때문에 실력이 뛰어났음에도 그가 속했던 가문에서도 밀려나고 해남도까지 흘러들어온 것이다. 이후에 진산에게 처절할 정도로 깨져 대락조에서 자신의 무공을 다시 검토하는 시간을 가질 수 있게 되었다. 그것이 그를 새로운 무의 세계로 올라갈 수 있게 만들었다.

‘아니, 대장과 이 녀석들은 아는 사이인가?’

그가 아는 진산은 쉬이 자신을 드러내는 사람이 아니었다. 해남도를 하나의 문파로 만드는 데 지대한 공을 세웠음에도 그는 낡고 작은 집에서 홀로 살았다. 그라면 문주를 당장에 때려죽이고 스스로 해남도의 지배자가 될 수도 있었다.

그러나 그는 스스로를 감추었다. 자신의 정체를 드러내기 꺼려한다는 이유 하나 때문은 아니라고 기억한다. 전쟁에 나설 때 투구와 갑옷을 착용해 모습을 가리기는 했지만, 그것은 모습을 가리기 위함보다는 적에게 공포를 좀 더 극적으로 주기 위함이었다. 해남도에서 자신을 숨긴 이유는 누군가 그가 악귀라 불리는 자신의 정체를 알리고 싶지 않아서였다.

중원에서도 그러한 이유가 있었을 것이다.

‘그래, 중원에서는 자신의 삼 할 정도는 감추어야 한다고 할 정도로 음모가 많은 곳이니까.’

“어디로 가는 것이냐?”

황금충이 살기를 거두고는 물었다. 제갈청이 눈치를 살피다가 힘겹게 입을 열었다.

“마교입니다.”

거짓으로 다른 곳을 말한다 해도 상대는 믿을 것 같지 않았다. 그렇다면 차라리 진실을 말하는 것이 더 나았다.

“무슨 이유로 가는 것이냐?”

“우리가 왜 당신에게 그런 것까지 말해야……”

남궁유성이 거칠게 반발하려다 제갈청의 손에 의해 다시금 가로막혔다. 남궁유성의 혈도를 다시 짚은 그는 황금충을 돌아보며 말을 이었다.

“진산을 만나기 위해서입니다.”

황금충의 기세에 눌려 진산을 높여 부를만도 했지만, 제갈청은 그러지 않았다.

“그렇다면 우리와 가는 길이 같군. 동행하지 않겠나?”

황금충이 슬그머니 손을 내밀었다.

그것은 권유라기보다는 협박이었다. 압도적인 힘을 보여준 뒤 살기까지 내보였다. 불신한다는 뜻까지 보였으니 그의 권유를 단순하게 볼 순 없었다.

제갈청은 황금충을 면밀하게 훑어보았다.

‘위험한 자. 이자의 정체가 무엇인지 알지는 못하지만, 마교의 사람은 아니다. 그럼에도 마교로 향하는 이유가 무엇

인가?'

그리고 그는 진산을 잘 알고 있는 게 분명했다.

거절하기에는 위험이 너무 컸기에 제갈청은 황금충의 손을 잡았다. 사실 황금충의 생각도 제갈청의 추리와 다르지 않았기에 그의 선택은 옳다고 할 수 있었다.

'제갈가의 사람답게 위험을 읽는 능력만은 뛰어나군.'

조금만 기운을 끌어올리면, 비단옷 속에 숨겨진 암기가 그들을 향해 벽력처럼 떨어질 것이었다. 만약 제갈청이 이 손을 잡지 않고 돌아갔다면 그의 손에서 죽음을 면하기는 힘들었을 것이다.

그렇게 두 마리의 범과 꽃이 해남파와 합류했다.

＊　　　＊　　　＊

진산은 오대악인과 암룡대와 함께 마교로 향하고 있었다. 현재 모든 임무를 수행했으니 귀환하는 일만 남은 것이다. 그런 그의 발걸음은 전처럼 빠르지 않았다. 쉴 때는 반드시 쉬고, 갈 때는 바쁘지 않게 제 속도로 간다.

'왜 이리 머뭇거리지?'

암룡대장 강석주는 그의 그런 태도를 이해할 수 없었다. 이미 서찰에서 원수가 사마 군사로 밝혀진 마당이었다. 출처가 사자금웅의 손에서 나왔고, 필체 또한 그의 눈으로 확인한 상황에서 더 이상의 추론은 필요없었다.

사마 군사의 무공이 두려울 리는 없었다. 사자금웅을 폐인으로 만들고 그의 형인 진천을 눌렀다고는 하지만 강석주의 눈에 보이는 진산은 결코 사마 군사에게 패할 것 같지 않았다.

'아니면 형의 원수가 아버지이기 때문인가?'

그렇게 생각하기도 힘들었다. 지금껏 바라본 진산은 정이 없었다. 조금 있다고 한다면 그것은 그의 형 진천을 향하고 있을 뿐이다. 상황이 된다면 부모든 자식이든 모조리 베어버릴 것만 같은 광기를 지니고 있었다.

그런 의문에도 강석주는 굳이 묻는 방법보다는 더 지켜보는 방법을 택했다. 당장이라도 터질 것 같은 폭탄을 괜히 건드려 위험을 자초하고 싶지 않았기 때문이다.

일행은 사천에서 감숙으로 넘어갔다.

그렇게 며칠 감숙의 옥문(玉門)을 조금 지났을 때였다. 마교에 다 와가는 중 일행은 일련의 무리들을 발견했다.

"수가 제법 많아. 일이백 정도는 되겠군."

강석주가 땅을 훑으며 말했다.

진산이 말에서 내려와 발자국들을 훑어보기 시작했다. 어지러이 뭉개진 발자국으로는 그 수를 헤아리기 힘들었다. 다만 소수라 생각하기에는 발자국이 깊게 패어 있었다.

"마교의 무사들이 아닐까?"

오대악인 중 묵룡쌍괴가 입을 열었다.

"그럴 리는 없습니다. 현재 마교는 동서무림의 전쟁에서 한발 물러서 있습니다. 모든 무사가 교나 지부 내에서 자숙 중이지요. 몇몇 임무를 띠고 나갔던 교도들이 귀환했을 수는 있지만, 그렇다고 생각하기에는 수가 너무 많습니다."

현재 다시 소강상태에 이르렀지만, 동서전쟁은 끝나지 않았다. 이대로 전처럼 다시 휴전하는 것인지, 계속 전쟁을 이어갈지는 아무도 알 수 없었다.

"하지만 이 방향은 분명 마교가 있는 곳이네."

혈두선인이 흔적이 이어진 곳을 바라보며 말했다. 신강 쪽으로 가는 흔적은 분명 마교임이 틀림없었다. 강석주도 그것을 부정할 수 없었다.

일련의 무리들이 마교로 향하고 있다. 그러한 사실을 마교 본단이 모르지는 않을 것이다.

'전쟁을 하기에는 수가 너무 적고⋯⋯.'

아무리 정예라 해도 마교 전체를 상대로 일이백의 수는 너무 적었다.

강석주가 그렇게 고민하는 사이 진산이 말에 올랐다.

"따라가 보면 그들의 정체를 알 수 있겠죠."

진산이 말을 몰며 먼저 달려갔다. 강석주도 재빠르게 말 위에 올라 그의 뒤를 쫓았다.

일행 전체가 앞서 가는 진산을 따라 흔적을 쫓아갔다.

한참을 달리던 진산이 말을 멈췄다. 흔적의 끝에 일련의 무리들이 눈에 들어온 것이다. 강석주와 오대악인도 그들을 발견하고 진산을 따라 말을 멈추었다.

"정예입니다. 하지만 동의맹 무사들이라고 보기에는 그들의 기세가 너무 다릅니다."

흑삼명이 그들을 관찰하며 말했다.

멀리서도 느껴지는 그들의 기운은 결코 일반 무사라 볼 수 없는 것이었다. 또 서로 섞이기 힘든 정의맹의 무사들로 보기에는 틈이 없었다.

"사련의 잔당인가?"

불사인이 중얼거렸다. 그는 사련이 망하고 살아남은 고수들이라 생각했다. 사련이 비록 마교의 하수인 노릇을 하고 있다고는 하지만, 그들이 약한 것은 아니었다. 최정예라 불리는 몇몇 부대는 마교 내에서 알아줄 정도로 뛰어났다.

"아니, 그들이 아니다."

진산이 고개를 저으며 대답했다.

일행 모두의 눈에 의문이 떠올랐다. 진산이 중원 사람이 아니라 해남도의 사람이라는 것을 모두가 안다. 그런 그가 알 만한 무력 부대는 그리 많지 않았다. 더군다나 진산이 아는 무력 부대들을 중원 토박이인 일행이 모를 리 없었다. 있다면 해남파의 무사들일까?

"설마 해남파의 무사들인가?"

혈두선인은 믿을 수 없다는 듯 중얼거렸다. 그는 해남파가 중원에 나타나 동의맹을 도와 사련과 전쟁을 벌였다는 사실을 소문으로 들었다. 그리고 전쟁이 잠시 소강상태에 접어든 지금 그들은 현재 동의맹에 있다고 했는데, 그런 그들이 동서의 경계를 넘어 마교의 지근에 왔다는 사실을 믿기는 힘들었다.

미처 일행이 생각을 정리하기도 전에 진산이 갑자기 무리들을 향해 달려나갔다.

진산이 해남파의 무사들에게 다가가자, 그들은 행진을 멈추고 진산을 기다렸다.

"누구냐?"

말단 무사가 진산을 가로막으며 물었다. 이제 막 해룡단에 들어간 말단인지라 진산을 알아보지 못한 것이다.

진산은 그를 무시하고 말안장을 박차고 뛰어올랐다.

타닥!

무사들의 머리를 가볍게 차 오르며 무리들의 선두를 향해 날아갔다.

"누가 이들을 맡고 있나?"

진산의 목소리에는 위엄이 담겨 있었다. 그들 사이로 침묵이 스며들자 누군가가 모습을 드러냈다. 황혼의 태양처럼 타오르는 머리카락을 가진 사내였다.

"대장, 오랜만입니다!"

퉁명하게 말하는 그의 얼굴에는 장난기가 어려 있었다.

진산이 피식 웃으며 그가 있는 곳으로 날아갔다.

"무슨 일이냐?"

위지선을 비롯해, 빙월창, 염일도, 암영자까지 황금충을 제외한 대락조가 모두 있었다. 대락조의 성격상 모두 출동하는 일은 드물었다. 정말 마교를 상대하기 위함이 아니라면 말이다.

진산이 주위를 둘러보며 황금충을 찾았다. 막내인 그가 선배들만을 보낼 리는 없었다. 마침 조금 떨어진 곳에서 누군가를 끌고 오는 황금충을 볼 수 있었다.

"오호삼화?"

천소지와 함께 황금충을 따라오는 이들은 예전에 보았던 오호삼화 일행이었다. 비록 그 수가 넷으로 줄어들어 이호이화라 불려야 했지만.

그때 대락조 사이로 두 사람이 모습을 드러냈다. 하나는 한때 그의 뒤를 쫓았던 야율령이었고, 다른 하나는 역시 오호중 하나였던 팽호성이었다.

"너희들!"

모두 죽었다고 생각했다. 남은 것은 자신 하나라고만 생각했다. 그랬기에 그 스스로 가문에 들어가지 않고 사촌 동생에게 소가주 직을 넘겼다. 오호삼화가 존재하지 않는 소가주의 자리는 그에겐 더 이상 아무런 의미도 아니었기 때문이다.

제갈청을 비롯한 일행도 팽호성을 보고 놀라기는 마찬가지였다. 그들 역시 자신들 빼고 모두 죽었다고 생각했기에 팽호성을 만난 것이 매우 반가웠다.

“사, 살아 있었나?”

“왜 아무런 연락도 없었어?”

“오라버니……..”

“치, 살아 있었으면 살아 있다고 티 좀 내고 다니지.”

제갈청 일행이 팽호성을 보며 입을 열었다. 팽호성도 눈물을 글썽이며 그들에게 다가갔다. 할 말이 너무 많은데 목에 걸려 입 밖으로 나오질 않았다.

진산이 그들을 훑어보더니 위지선을 불렀다.

“죽은 줄 알았던 친우의 재회이니 급하지 않은 일이라면 시간을 내줘.”

“예, 알겠습니다.”

위지선이 사람을 시켜 제갈청 일행과 팽호성을 조용한 곳으로 안내케 했다. 그리고 뒤늦게 온 황금충과 대락조들을 모아 진산에게로 다가갔다.

털썩!

그들이 진산 앞에서 한쪽 무릎을 꿇으며 고개를 숙였다.

“대락조가 해남파의 문주님을 뵙습니다.”

위지선의 목소리가 증폭되며 주위를 휩쓸었다. 주위의 해남파 무사들은 물론이거니와 뒤늦게 진산을 따라온 오대악인 및 암룡대들도 그 소리를 들었다.

진산은 난감한 듯 인상을 찌푸렸다. 위지선이 대뜸 못을 박듯 선언해 버렸다. 이를 해명하려면 조금 귀찮은 일이 생길 것이다.

"문주님이 돌아가셨어?"

"예."

"정정하셨던 분인데…… 네 녀석들이 암살한 것은 아니고?"

"몇 년 전까지만 해도 그런 생각을 해보았지만, 대장님이 인정하신 분을 우리가 암살했다가는 뒷감당하기 힘들어 안 했습니다."

"나라도 암영자 녀석이랑 막내가 암살해 놓고 증거 없애면 못 알아봐."

진산이 고개를 숙인 채 무릎 꿇고 있는 암영자와 황금충을 가리키며 말했다. 그의 말처럼 암살과 독의 달인인 암영자와 기관과 암기의 달인인 황금충이 달라붙어 문주를 암살한다면 그 어떤 고수가 와도 그가 어떻게 죽었는지 알 방도가 없다.

위지선이 고개를 저으며 입을 열었다.

"노환이십니다. 그분의 시신을 해남도에 모셔두었으니 함께 가보면 알 수 있을 겁니다. 후배 둘이 아무리 잘났다고 해도 노환처럼 만들기에는 무립니다."

죽는 것에는 어떻게든 흔적이 남는다. 암영자나 황금충도 그 흔적을 어떻게든 바꿀 수 있지만, 노환까지는 어쩌지 못한다. 독으로 당한 흔적으로 칼침에 맞아 죽은 것처럼 바꿀 수 있는 수준이었다.

"끄응~!"

진산이 신음을 토했다. 위지선은 물론이거니와 대락조 전부가 자신을 해남파의 문주로 만들려는 생각인 듯했다. 아니, 위지선이 처음 선언한 것을 보며 그는 이미 문주가 된 것 같았다.

입 안이 썼다. 원수가 코앞에 있다. 게다가 자신의 다리를 잘라 버린 교주도 목전에 있었다. 이제 교주와 어깨를 나란히 할 수 있을 정도로 강해졌는데 해남파의 문주가 되어서 그냥 돌아갈 수는 없었다.

'그렇다고 해남파와 함께 들어가면, 이들은 그대로 마교에 흡수되겠지.'

진산은 일단 마교도가 되었다. 그런데 그가 해남파의 문주라면 예전의 사련처럼 마교의 주구가 될 가능성이 높았다. 교주는 외부의 고수들을 초빙하는 것을 좋아하지만 그것은 대락조까지의 선이었고, 남은 부스러기들은 사련처럼 이용만 하고 버릴 것이 틀림없다.

'얼마나 힘들게 키웠는데……'

해남파 전체라면 마교에 꿀리지 않는다. 그 수가 비록 적다고는 하지만 대락조나 해룡단 같은 고수들만으로 이루어진 조직의 존재로 질적인 면에서 마교보다 조금 더 높다고 볼 수 있었다.

그런 것을 교주에게 냅다 넘겨주기에는 그간의 노력이 너무 아까웠다, 교주 또한 마음에 들지 않았고.

"나 지금 마교도야. 교주한테 몇 대 맞고 다리까지 잘렸어. 한데 내가 어떻게 해남파의 문주가 되지? 그럼 그대로 니네들도 마교도가 돼. 마교한테 먹히는 거야, 해남파가. 그러니까 물러가라."

"걱정 마십시오. 대장님을 따라간다면 마교가 두렵겠습니까? 까짓 마교도 한번 하고 말겠습니다. 어차피 대장님이 남의 밑에 계속 계실 분도 아니고, 기회 봐서 교주의 머리를 칠 것 아닙니까. 그때쯤 되면 교주보다 강해졌을 테니 마교를 먹어버리시겠군요. 그때 가서 해남파는 다시 독립해도 됩니다."

위지선이 평소의 과묵함을 버리고 청산유수처럼 말을 좔좔 쏟아내기 시작했다. 진산이 당황한 채 대답을 못하자, 염일도가 대뜸 위지선의 말에 맞장구를 쳤다.

"이야, 그거 좋은 생각이네요. 아니, 독립은 조금 있다가 하고 동의맹에 들어가 맹주를 때려잡아 흡수하는 방법은 없습니까? 그러면 무림을 지배하는데."

"쩝."

황금충도 그런 상상을 했는지 입맛을 다셨다.

진산의 얼굴이 와락 구겨졌다. 그도 워낙 무림 물정을 모르는 사람이었지만, 대락조 녀석들은 자신을 뛰어넘었다. 다른 놈들은 몰라도 중원에서 온 황금충마저 이런 말도 안 되는 이야기에 마음이 동하는 것을 보니 진산은 할 말이 없었다.

'내가 애들을 이렇게 키웠나?

해남도가 막 커질 때, 그들을 만나고 몇 년 동안은 무지막지하게 굴렸다. 무공도 허접했고, 또 그때 진산은 성격이 지금보다 조금 더 더러웠다.

해남파가 해남도를 먹게 되자 대락조를 좀 풀어주었다. 위지선이 여자지만 자신과 오랫동안 함께해 온 것이 있어서 그들을 휘어잡기에는 어렵지 않겠다고 생각했다. 그래서 자신은 대락조 대신 어떻게 하면 형을 만나러 나가느냐에 대한 일로 시간을 보낼 수 있었다.

'빨리 나왔더라면 형이 죽는 일은 없었겠지.'

형 생각을 하자 눈이 시큰해졌다. 처음에 형이 죽었다는 사실에 분노밖에 일지 않았는데, 시간이 조금 지나고 마음이 정리되자 슬픔이 슬그머니 고개를 들었다.

진산은 고개를 젓고는 다시 대락조를 바라보았다. 형에 대한 슬픔에 잠겨 있을 상황이 아니었다.

"내가 어떻게 키운 건데, 해남파를 그냥 마교에 주는 것은 아깝지."

진산이 그렇게 말하자 위지선이 환히 웃으며 벌떡 일어났다. 마교를 나와 해남파의 문주로 취임한다는 뜻으로 생각한 것이다.

위지선이 무어라 말하기 전에 진산이 잽싸게 입을 열었다.

"내가 교주 목 칠 때까지 문주 직은 위지선에게 넘긴다. 이상. 해산."

진산이 그렇게 어물쩍 넘어가려고 하자 대락조 전원이 일어났다. 그들은 모두 진산에 의해 해남파에 남은 이들이다. 그가 아니라면 굳이 해남파에 남을 이유가 없었다. 해남파에 대한 애정은 있었지만, 그것은 전부 문주와 진산이 있었기 때문이다.

이제 문주도 없고 진산도 떠나려 한다. 속없는 만두 같은 해남파는 그들에게 안식처가 될 수 없었다.

"대장님, 대장님의 생각도 좋습니다. 하지만 굳이 그렇게 할 필요는 없을 것 같습니다. 차라리 위 선배님이랑 저희가 마교에 투신하고 대장님이 해남파 좀 맡아주시죠. 저희가 합공하면 제아무리 마왕이라도 끅! 아닙니까?"

황금충이 손으로 목을 그으며 말했다. 그의 얼굴은 마치 정의의 용사라는 듯 당당한 표정을 짓지만, 진산에게는 오히려 비열한 악당처럼 느껴졌다.

말 한마디 듣기 그렇게 힘든 암영자가 진산에게 다가와 입을 열었다. 스산한 목소리가 그의 입에서 흘러나왔다.

"마왕필살."

으스스한 말을 내뱉고는 그는 다시 뒤로 물러섰다. 그의 뒤를 따라 염일도와 빙월창이 앞 다퉈 나섰다.

"마왕이 별겁니까? 그 녀석 이 몸의 힘에 눈물을 흘릴 겁니다."

"이 바보 녀석을 빼면 간단합니다. 혼자 설치느라 합격진에서 동료의 발목을 잡는 이놈만 빼면 말이죠."

진산을 머리를 긁적였다. 대락조의 실력이 이미 자신을 뛰어넘었다는 것은 알고 있었다. 그들 개개인의 실력이라면 자신보다 못하겠지만, 그들만한 고수가 합공을 한다면 이야기는 달라졌다.

'하지만 그것도 예전의 이야기지.'

칠단검법을 거의 완성시킨 지금이었다. 조금 불안정한 면이 있기는 하지만 그것은 마왕 정도를 상대로 했을 때 하는 말이다.

'그렇다면 말로 하는 것보다 힘으로 보여주는 것이 빠르겠어.'

진산은 마음을 바꾸었다. 더 이상 말로 해서 통할 이들이 아니었다. 이럴 때는 확실하게 힘으로서 밀어내야만 했다.

그리고 마왕은 그들이 생각하는 것처럼 그렇게 호락호락한 이가 아니었다. 전투에 한해서는 그는 누구보다 강하다는 말을 들을 정도의 강자다. 검왕과 비견되지만, 진산의 생각으로는 검왕보다는 마왕 쪽이 급수가 더 높다고 생각되었다.

'오대악인 다섯도 힘들 판에 그들로서는 무리다.'

진산은 대락조를 오대악인보다 한 수나 두 수 정도 아래로 보고 있었다. 대락조가 분명 강한 것은 틀림없으나 구룡에는 미치지 못한다는 것이 그의 생각이었다.

진산이 오대악인이 있는 곳으로 시선을 보냈다. 오대악인과 암룡대는 이미 진산이 있는 곳에 거의 다 왔으나 해남파의 무리들에게 막혀 다가오지 못하고 있었다.

'저들을 써먹을까?

사자금웅을 제외한 오대악인 모두가 상처가 거의 다 나아 있었다.

진산은 오대악인의 실력을 인정했다. 구룡과 그 이하와의 사이는 겨우 한 단계 차이지만, 그 실력의 차는 매우 컸다. 대락조를 중원 서열에 대한다면, 그들은 구룡과 십대고수 사이쯤에 놓아야 할 것이다.

'하지만 녀석들이 조금 강하기는 하지. 오대악인의 몸도 완전하지는 않으니 쉽게 이기기는 힘들 거야.'

또 전투 경험이 달랐다. 오대악인은 그 무공을 갈고닦기는 했으나 실질적인 전투보다는 영약이나 혈두선인의 도움으로 강해진 것이다. 반면 대락조는 피가 넘치는 살육의 현장에서 진산에게 지도받으면서 강해졌다. 그 경험이 오대악인과의 실력 차를 조금이나마 메울 것이 틀림없었다.

그들의 전력을 괜히 손상시킬 필요는 없었다. 혈두선인을 비롯한 오대악인은 이미 진산의 사람이다. 서로에게 인정을 두지 않을 터이니 상잔할 가능성이 컸다.

진산은 생각을 바꿀 수밖에 없었다. 자기 사람들끼리 싸워 다치게 하는 것은 손해만 나는 일이 분명했기 때문이다.

'그래, 내가 나서서 확실하게 보여주자. 내가 힘이 좀 들어도 그 편이 이익이지.'

그리고 대락조와의 비무는 칠단검법의 불완전한 부분도 채울 수 있을 것이다.

진산이 대락조에게 다가갔다.

대락조가 바싹 긴장했다. 말없이 다가오는 진산은 아무런 기운도 뿜어내지 않았지만, 지금과 같은 상황에서는 손을 쓸 방법이 틀림없었다.

'후우— 역시 무리인 건가?'

위지선이 속으로 한숨을 푹 내쉬었다.

오랜 세월을 같이한 대락조였다. 위지선의 마음이 그들에게도 느껴졌다.

'여기서 물러날 것인가? 아니면 한 번이라도 붙은 다음에 그만두어야 할까?'

전자의 경우는 여기까지 온 의미가 없어진다. 또 겁먹은 듯 물러서면 진산이 자신들을 약하게 생각할지도 몰랐다. 안 그래도 낮게 평가되는 상황에서 더 이상의 실망을 주고 싶지는 않았다.

그들의 합격진이 진산에게 통하지 않을 거라는 사실 정도는 대락조들 모두가 알고 있었다. 그들의 무공이 강해질 수 있었던 것은 진산이 위지선을 통해 부족한 점을 메우고 실전을 겪게 하면서 강해진 때문이다. 그들이 하는 합격진 역시 진산이 만든 것이니 약점이 속속히 드러날 수밖에 없었다.

'그렇다고 비기를 쓸 수는 없다.'

각자가 그들 자신 외에는 모르는 비기를 숨기고 있었다. 진산조차 모르는 이 비기는 그에게 뜻밖의 공격이 될 수도 있었다. 단 한 번이라면 그를 이길 수 있을지 몰랐다. 하나, 그것 또한 의미가 없었다.

위지선의 시선이 다른 대락조로 향했다.

'어쩔 수 없구나.'

대락조 모두가 진산을 존경하기에 손을 쓰는 것을 원하지 않는다. 수련 도중의 비무야 그렇지만, 지금과는 상황이 달랐다.

위지선의 시선으로 그녀의 의도를 눈치 챘는지 대락조 전원이 고개를 끄덕였다.

'뭐, 우리 실력이 얼마나 발전했는지 정도는 보여줘도 괜찮겠지.'

그들은 그렇게 마음먹고 진산을 공격하기 위해 준비했다. 진산이 공격할 때 미리 말하거나 하지 않는다. 워낙 기습이 많은 해남도였기에 그곳에서 공격 경고 따위는 사치에 불과했다.

대락조가 그런 생각을 하고 있을 때 진산이 입을 열었다.

"마왕은 그리 만만한 상대가 아니다. 너희들이 굳이 포기를 못하겠다면 힘으로 보여줄 수밖에……"

스릉!

진산이 느릿하게 검을 뽑았다. 대락조 전원이 긴장을 했다. 그가 검을 뽑으면 이성은 단숨에 날아간다. 살기에 미친, 그야말로 악귀가 된다.

그의 검집 속에서 새하얀 검신이 모습을 드러냈다. 그가 해남도에서 들고 다녔던 흉측한 검이 아니었다. 진산의 검이 은은한 달빛에 반짝이고 있었다.

대락조의 생각처럼 진산은 미치지 않았다. 이미 무공의 한계를 뛰어넘어 자신만의 새로운 무공을 만든 그였다. 그렇기에 무공에 지배되는 일이 더 이상 있을 리 없었다.

그런 그의 모습에 대락조는 더욱 긴장했다. 진산이 더욱 강해졌다는 사실이 기쁘게 느껴졌지만, 그만큼 지금 그를 상대해야 하는 대락조에게도 좋은 것은 아니었다.

그들을 둘러싼 무리들이 썰물처럼 물러갔다. 고래 싸움에 새우 등 터지고 싶은 마음이 없었던 것이다.

팽팽하게 당겨진 실처럼 그들 사이로 묘한 기운이 감돌았다.

"덤벼라."

진산의 말이 떨어짐과 동시에 가장 먼저 위지선이 용수철처럼 튀어 올랐다.

위지선은 여섯 개의 무기를 동시에 다루는 고수다. 검, 도, 창, 퇴(槌:망치), 부(斧:도끼), 편(鞭:채찍). 그중 무엇 하나 우선시할 수 없을 정도로 동등하게 잘 다룬다. 하지만 그것은 특별한 것이 없다는 약점이 될 수도 있었다.

그녀는 열다섯 살 때 지옥도에 난파된 배에서 구해낸 진산이 길렀다. 진산이 지옥도에 있는 고수들을 상대로 무공을 실험할 때 실험체가 되었다. 오랜 시간 진산과 함께한 만큼 거친 그의 삶을 그녀 또한 겪으면서 따라왔다.

창이 진산의 머리를 노렸다. 그녀의 손을 떠난 창은 팽그르르 공기를 찢으며 날아왔다.

"여기도 있습니다!"

염일도가 외치며 발도했다.

그는 양강의 무공을 다루는 고수다. 열양지공을 익혔으며 그가 가진 보도는 거대한 열양기를 가지고 있었다. 초식이 겨우 세 개뿐이었지만, 그는 그것을 완벽하게 익혔을 뿐 아니라 거기에 한 개의 초식을 더 만들어 무공을 창안한 조사를 뛰어넘었다.

염일도는 서장의 포달랍궁의 궁주만이 익히는 열양지공을 익혔다. 대제자의 신분이었으나 무공에만 집착해 결국 사부를 해하고 궁의 보물인 화염도를 훔쳐 달아났었다.

'그는 너무 강해. 그렇기에 때로는 유해야 하는 것을 모르지.'

진산의 손이 움직였다. 위지선의 창을 왼손으로 가볍게 밀어냈다. 절정고수의 칠 할가량의 힘이 담긴 창이었지만, 끊임없는 내공을 가진 진산을 상대로는 내공의 양은 무의미했다.

쾅!

후끈한 기운이 진산의 등을 때렸다.

"크윽!"

염일도가 신음을 흘리며 뒤로 물렀다. 푸른 호신강기가 강한 냉기를 품으며 염일도의 공격을 상쇄시킨 것이다.

'수의 기운은 부드러우면서 때로는 거칠게 다룰 수도 있지.'

쉬익!

빙월창이 말없이 진산을 향해 창을 찔러갔다. 진산의 가슴을 향한 그의 창은 한 치의 오차도 없이 심장을 노렸다. 일격필살의 기운이 담긴 그 창은 조금의 방심도 없이 기계처럼 움직였다.

그는 염일도와는 반대로 한음지공을 익힌 고수였다. 자칫 그 스스로를 얼려 버릴 정도로 시린 무공을 익혔으며 그의 창역시 보물이라 할 수 있는 병기였다.

빙월창은 북해의 이름없는 가문의 출신이었다. 그러나 그는 뛰어난 무골이어서 빙궁에 뽑혀 무사가 되었다. 그런 그가 대륙의 최남단인 해남도까지 내려와 진산의 수하가 된 이유는, 나날이 강해지는 빙월창을 두려워한 빙궁의 궁주가 그에게 궁의 보물인 창을 훔쳤다는 누명을 씌웠기 때문이다. 워낙 박대를 당했던 빙월창은 진짜로 창을 훔쳐 해남도까지 도망쳐 왔다.

'그는 너무 완벽해. 너무 철저하게 공격을 하니 어딜 노릴지도 알기 쉽지.'

진산이 몸을 슬쩍 비틀었다. 빙월창의 창이 한기를 흩날리며 그를 스쳐 지나갔다.

그 순간 불쑥 암영자가 진산의 목에 철사(鐵絲)를 걸었다. 투명한 철사는 무림인들을 상대로 만든 것으로 어지간한 호신기는 가볍게 잘라낼 정도로 질기고 단단했다.

진산은 목 사이에 검지를 슥 올렸다. 그의 손에서 화르륵 불꽃이 타올랐다.

암영자는 동쪽의 왜국에서 온 자다. 그곳에서 최고라고 불릴 정도로 암살과 독에 대해서는 최강이었다. 너무 강한 나머지 그를 두려워한 이들이 그를 몰아냈기에 해남도까지 왔다고 했다.

그의 무공은 진산도 쉬이 예측할 수 없을 정도로 특이했다. 하지만 초기 철저하게 암살에 의존하는 그의 무공에는 절정이 되기에는 부족함이 있었다.

'해남도에서의 격전을 헤쳐 나오면서 탈바꿈했지. 하지만 무공의 성격은 조금도 바뀌지 않았어. 그것이 오히려 너를 약하게 만들었다.'

암살이 아니라 독으로써 성장했다면 그는 독성으로 세상에 두려움을 주는 존재가 되었을 것이다. 그러나 그는 굳이 암살만을 고집했다. 그의 태생이 그런 쪽이라서 그런 듯싶었다.

진산의 손가락이 철사에 닿자 가볍게 끊어졌다.

"헤헤, 저도 있다구요."

파파팡!

황금충이 하늘 높이 무언가를 던졌다. 둥근 철공처럼 보이던 그것이 한순간 터지더니만 비처럼 떨어져 내렸다.

'만천화우!'

진산이 조금 긴장하며 비처럼 떨어지는 암기를 주시했다.

황금충은 은서각에서도 일축을 맡고 있는 거대 세가 사천당가의 사람이다. 그가 입은 독충이 그려진 비단옷과는 달리 그는 암기만을 고집하는 고수인데, 그 실력이 이미 당문을 뛰어넘었다고 한다.

하지만 그는 암왕이 될 수 없었다. 세가 내에서는 은거한 장로들을 제외하고는 가장 강했지만, 구룡에는 미치지 못했던 것이다. 그 사실에 실망하고 떠돌다가 지옥도의 소문을 듣고 해남도에 찾아온 이였다.

황금충은 진산을 만나고 가장 많이 바뀐 자였다. 유명 세가의 출신다운 근엄했던 그 모습은 온데간데없고, 출랑거리는 모습만이 남았다. 반대로 무공만은 해남도에서의 무수한 실전을 통해 당문의 것을 모조리 흡수하고 자신만의 암기를 창조해 내는 등 더욱 발전시켜 나갔다.

'그렇지만 암기가 가지는 한계를 아직도 넘지 못했어.'

진산의 몸에서 초록빛 호신강기가 피어올렸다. 호신강기는 새싹처럼 자라나며 진산의 몸 위로 떨어지는 만천화우를 모조리 쳐냈다.

염일도가 도를 횡으로 그었다. 빙월창이 다시 한 번 심장을 노리고 암영자의 철사가 진산의 두 팔을 노렸다.

"무의미하다."

진산의 호신강기가 초록빛에서 잿빛으로 바뀌기 시작하자 오대악인들은 물론 암룡대까지 눈을 빛냈다. 그중 묵룡쌍괴가 뚫어지게 진산을 관찰했다.

소멸(消滅)의 기.

염일도의 화기, 빙월창의 한기가 모조리 진산의 회색 강기에 빨려들고, 암영자의 철사가 진산의 팔 위로 녹아버렸다.

"……!!"

대락조가 놀란 듯 물러섰다. 십여 년을 같이한 그들이었다. 그런데 진산의 그러한 무공을 본 적이 없었다. 검고도 붉은 기를 본 적은 있다. 그러나 지금과 같은 잿빛 기운을 본 것은 처음이었다.

소름이 돋았다.

염일도나 빙월창, 암영자의 공격은 언뜻 가볍게 보여도 전력을 다한 것이었다. 그것이 호신강기에 허무하게 무너지자 믿기 힘들었다.

진산이 다시 움직이자 위지선이 검과 도를 진산을 향해 휘둘렀다.

캉!

진산의 검과 위지선의 도에서 불꽃이 튀었다. 위지선이 반보 물러서는 동안 염일도가 위에서 도를 내리찍었다. 진선은 몸을 빙글 회전시키며 그의 도를 힘껏 팅겨냈다.

깡!

"큭!"

염일도가 팅겨 나가며 나직한 신음을 토해냈다.

"아직 멀었다."

진산의 팔꿈치가 뒤를 노리던 암영자의 복부에 틀어박혔다. 단전이 상하지 않을 정도의 힘으로 때렸다. 그럼에도 그의 힘은 무시할 수 없을 정도였다.

"으윽!"

암영자가 신음을 흘리며 뒤로 물러섰다.

파라락!

황금충이 소맷자락을 흔들며 앞으로 나섰다. 다섯 개의 비도가 진산의 앞을 가로막았다. 진산은 검으로 원을 그렸다.

따당! 땅!

비도가 땅에 떨어지자 그것을 밟으며 진산은 황금충을 향해 일 보 더 전진했다.

쭈욱! 엿가락처럼 늘어난 그의 신형이 단숨에 황금충 앞으로 다가섰다.

퍽!

검 대신 그의 주먹이 황금충의 면상을 쳤다.

"껀!"

황금충이 신음을 토하며 넘어졌다. 내공을 끌어올려 방어했지만, 진산의 공격을 버틸 정도는 아니었다.

나뒹구는 황금충을 발로 차 밀어내고 뒤이은 빙월창을 공격을 검으로 후려쳤다.

따당!

창과 검이 부딪치고 빙월창의 신형이 크게 휘청였다. 진산은 그 틈을 놓치지 않고 발꿈치로 빙월참의 관자놀이를 가격했다.

뻑!

빙월참의 신형이 한 바퀴 돌며 쓰러졌다.

"젠장!"

염일도가 차례차례 쓰러지는 대락조원들을 보며 욕지거리를 내뱉었다. 역시 진산은 강했다. 자신보다 훨씬 윗줄인 것은 알았지만 이 정도 차이일 줄은 몰랐다.

화르륵!

그의 도가 불을 토했다. 붉은 강기가 더욱 빛을 발하며 진산을 노렸다.

"아직 멀었어."

진산의 검이 일순 연검이라도 되는 듯 염일도를 부드럽게 감쌌다.

휘리릭!

순식간에 불꽃이 사그라지고 염일도의 도가 그의 검격에 튕겨 나갔다.

"크윽!"

내상을 입은 듯 염일도가 비틀거렸다.

스윽!

진산이 그를 향해 한 걸음 내딛었다. 그 사이로 위지선이 끼어들며 편을 휘둘러왔다. 뱀의 머리처럼 곧추선 편의 끝자락이 진산을 노렸다.

"흠!"

진산이 다시 물러서며 위지선의 편을 피했다. 채찍이 허공을 때리고는 다시 뒤로 물러섰다.

암영자가 다시 한 번 움직였다. 이번에는 철사가 아닌 독으로 시꺼멓게 물든 독수였다. 그의 손에 은은한 수강이 피어올랐다.

진산이 검을 뒤로하고 왼손을 뻗었다. 붉은 강기가 일렁였다. 화의 내공이었다.

쾅!

두 사람의 손이 부딪치자 암영자가 인상을 찌푸리며 뒤로 물러섰다. 오 갑자가 넘는 내공을 가진 진산이었다. 자신의 내공으로 상대하긴 역부족이었다.

진산이 암영자에게 일격을 내지르려고 다가갈 때 빙월창이 그 앞길을 막아섰다.

쉬익!

그의 창이 진산의 다리를 노렸다.

퉁!

진산이 가볍게 땅을 차고 뛰어올랐다. 빙월창의 머리 위로 떠오른 그는 천근추의 묘리를 섞어 그의 머리 위로 떨어져 내렸다.

빙월창이 연신 뒤로 물러섰다.

"부족해."

진산의 말에 부아가 터진 황금충이 소매를 털어냈다. 그의 소매 속에서 다시 암기가 떨어졌다. 땅으로 떨어진 뱀 같은 그것은 스르륵 땅속으로 파고드는 듯싶더니만 진산의 발치에서 용수철처럼 튀어 올랐다.

진산이 한 바퀴 회전하며 검으로 땅을 긁었다.

가가각!

땅거죽이 뒤집어지며 황금충의 공격이 무위로 돌아갔다.

위지선이 다시 앞으로 나서며 도끼를 휘둘렀다. 묵직한 도끼가 땅거죽을 베어냈다.

빙월창이 그 뒤에 나타나 창을 찔렀다.

쉬익!

그의 창은 바람을 꿰뚫고 진산을 노려갔다.

진산이 검을 사선을 그었다.

따앙!

금속음이 울리며 빙월창의 창을 밀어냈다.

“윽!”

빙월창이 신음을 흘리며 다시 뒤로 물러섰다. 조금이라도 방심하면 그는 다가와 일격을 날릴 속셈이었다.

후끈한 열기가 진산의 뒤를 노렸다. 염일도가 자세를 다시 잡고 진산을 공격한 것이다.

“어림없다.”

진산이 몸을 푹 숙이더니만 뒤로 발을 쭉 뻗었다.

퍽!

“컥!”

염일도가 진산의 발에 뒤로 밀려났다. 그의 얼굴이 파리하게 질린 것으로 보아 내상을 입은 것 같았다.

진산이 이번에 목표를 암영자로 잡았다.

수습을 하고 다시 공격에 임하려던 그가 진산이 빠르게 다가오자 어쩔 수 없이 손을 뻗었다. 하나 준비가 덜 되어서인지 전보다 많이 약했다.

팡!

진산이 검으로 암영자의 손을 튕겨내고는 그의 복부 깊숙이에다 주먹을 박았다.

“…….”

비명조차 없이 암영자가 다섯 보나 밀려 나갔다. 그가 기어코 무릎을 꿇고 말았다. 암영자의 얼굴이 창백해졌다. 진산의 한 수에 순식간에 전투 불능이 되어버린 것이다.

진산이 뇌호처럼 뛰어올랐다.

황금충이 그가 자신을 향해 다가오자 바싹 긴장했다. 하나 진산은 그의 앞에 방향을 틀어 빙월창을 향해 검을 찔렀다.

“큭!”

그가 신음을 토하며 창을 놀렸다. 창 위로 서리가 내리기 시작했다. 그러나 채 푸른 강기가 그의 창에 맺히기도 전에 진산의 검이 그의 창을 밀어냈다.

땅!

빙월창의 창이 옆으로 튕겨졌다. 진산은 좌수를 쭉 펴며 빙월창의 가슴을 때렸다.

퍽!

빙월창의 신형이 허공을 날며 쓰러졌다.

그는 다시 황금충을 향해 움직였다. 황금충도 그가 올 것에 대비하고 있었는지 양손에는 나비 모양의 암기 스무 개를 준비하고 있었다.

휘릭!

그의 손을 떠난 나비가 진산을 향해 원을 그리며 느리게 날아갔다.

'아쉽군.'

진산의 검이 순간 뱀처럼 흐물흐물거리더니 스무 개의 나비를 향해 섬전처럼 쏘아져 나갔다.

파사사삭!

황금충의 나비들이 순식간에 가루가 되어 사라졌다. 더불어 그의 얼굴이 하얗게 질려갔다.

'나의 절기가 통하지 않아.'

비장의 한 수가 더 있기는 했지만 아직 완성되지 않았다. 더군다나 아직 준비도 채 되지 않아 지금 사용한다고 해도 진산의 걸음을 멈출 수 있다고 생각되진 않았다.

그렇게 황금충이 사념에 빠진 동안 진산은 이미 그의 코앞에 다가와 있었다.

"조금 더 노력해라."

꽈득!

"끄윽!"

진산이 황금충의 팔을 꺾어놓았다. 황금충이 억눌린 비명을 흘리며 쓰러졌다. 팔만 부러진 것이 아니라 내가중수법에 내상까지 입었다.

진산을 향해 달려나가던 위지선이 발걸음을 멈추었다.

'더욱 강해졌다!'

위지선은 쓴웃음을 지었다. 다른 상황이었더라면 순수하게 기뻐했겠지만, 지금은 진산을 자신의 문주로 만들어야 할 이유가 있었다. 그러나 진산은 여전히 강했고, 그들이 바라는 일은 소원하기만 했다.

이는 다른 대락조원들도 마찬가지였다. 그들이 숨긴 비기가 있기는 하지만 이제는 그것이 통할지조차 의문이었다.

진산은 그런 그들의 모습을 보며 피식 웃어 보였다.

'아직 멀었군.'

그들은 아직 발전도상 중이었다. 더욱더 강해질 수 있는 이들이었다. 심지어 시간만 있다면 완전하게 성장해 버린 진산, 그 자신마저 뛰어넘을 수 있을 정도로 가능성을 가지고 있었다.

하나 그것은 후일의 이야기. 아직 진산을 상대로 하기에는 그들은 너무도 약했다.

대락조, 그들이 해남도에서 일인지하만인지상의 힘을 가졌다고는 하지만, 그것이 중원에서까지 통할 리 없었다.

"더 싸워보겠느냐?"

진산이 손을 까딱였다.

대락조원들이 서로를 바라보았다. 그러다가 위지선에게 시선이 모였다. 그녀는 대락조의 부대장이었다.

‘더 이상 무리할 필요가 있을까?

그녀의 머릿속에서 문득 떠오른 생각이었다. 어차피 진산은 마교에 오래 있을 것 같지 않았다. 겨룰 당시 교주의 무공이 비록 진산보다 한 수 정도 높았지만 지금 그의 실력을 보면 교주를 뛰어넘은 것 같았다.

그의 뒤를 따라온 일련의 무리가 마기를 풀풀 날리는 것을 보아 마교의 무사들 같았고, 따로 떨어진 다섯 명은 한 명이 무림인이 아닌 듯싶지만, 다른 이들의 실력을 보아 구룡, 오대악인이 아닌가 짐작했다.

‘역시 마교를 전복시킬 생각을 가지고 계시군.’

오대악인과 진산이라면 마교 전체를 뒤집을 수 있는 힘이다. 마교가 제아무리 강해졌다고는 하지만, 이백 년 전의 성세를 찾을 수는 없었다. 곤륜파의 후예들에게 몇 번이나 부서진 그들은 지금에 와서 약간의 회복을 하긴 했지만, 진산과 오대악인이라면 못해볼 것도 없었다. 마교의 고수 중 그들에 준하는 이는 교주뿐이니 말이다.

‘그렇다면 조금의 시간을 가지고 대장님을 기다리는 것이 효과적일 것이다. 대장님도 아직 일을 끝내시지 않은 듯싶으니.’

그의 사망 소식 이후 절대로 떨어지고 싶지 않았다. 하지만 진산이 잠시 떨어지기를 원한다면 그녀는 그의 바람을 들어줄 수밖에 없었다.

그렇지 않으면 그는 다시 떠날지도 몰랐다. 또 그것이 아니더라도 그것은 그녀의 선택이었으니 다시 물릴 수 없던 것이었다.

"저희가 졌습니다. 하지만 그렇다고 대장님을 포기한 건 아닙니다. 대장님이 다시 돌아오신다는 조건하에 제가 임시로 문주 직을 맡겠습니다."

위지선이 푸념하듯 말했다. 지금의 상황상 어쩔 수 없는 일이었다.

"물론 일만 마치면 다시 고향으로 돌아가야지."

진산이 싱긋 웃으며 대답했다. 오랜만에 짓는 진심이 담긴 미소였다.

그로서는 아직 해남파를 떠날 수 없는 상황이었다. 형의 시신이 해남도에 있었다. 만약 떠난다 해도 그것은 찾고 싶었다.

"그럼, 다음에 다시 뵙겠습니다. 가자!"

위지선은 그렇게 말하고는 돌아섰다. 해남파의 일행이 재빨리 짐을 챙기고는 하나둘 떠나기 시작했다.

이야기를 마친 전 소가주 일행은 그들을 멀뚱히 쳐다보다가 팽호성이 그들을 따라가는 것을 기점으로 모두들 그를 따라 해남파 일행을 쫓아갔다. 진산에게 할 이야기가 많기는 하지만 팽호성에게 들은 해남도의 이야기에 이왕 세가를 떠난 거 해남도에서 생활하는 것도 나쁘지 않다는 생각이 들어서였다.

‘그에 대해 조금 더 알고 싶었는데……’

남는 진산을 보며 제갈청과 그 일행은 아쉬운 마음을 떨칠 수 없었다. 그렇게 강한 대락조원들을 가볍게 물리치고, 비록 한 번 패했다고 하지만 마왕과 비견되는 이라면 무인으로서 그의 무위가 궁금하지 않을 수 없었다.

‘하긴 이들을 따라가면 단편적이나마 알 수 있겠지.’

제갈청은 아쉬움을 버리고 해남파의 뒤를 쫓았다.

모두가 떠난 벌판에는 진산과 오대악인, 그리고 암룡대만이 남았다.

진산이 시선을 그들에게로 돌렸다. 정확히는 암룡대장인 강석주를 향했다.

“모두 들었습니까?”

“…물론.”

잠시 뜸을 들인 강석주가 대답했다. 그는 곧바로 말을 이었다.

“교에 도착하면 해남파와의 일들, 그리고 진천에 대한 일들을 모두 교주님께 알릴 거다. 네가 나를 막기 위해 공격을 한다고 해도.”

단호한 강석주의 말에 진산은 당연하다는 듯이 대답했다. 아니, 그는 마치 그러한 것을 원했던 것처럼 말했다.

“아니, 교에 돌아가면 꼭 교주님께 말씀해 주시길 바랍니다. 꼭 그러셔야 하거든요.”

진산이 의미심장한 미소를 지었다.

그것은 위지선에게 보였던 것과 전혀 다른 의미가 담긴 미

소였다.

第二十六章

십이장로(十二長老)

십이장로를 비롯한 사마 군사, 각 대대의 대주들이 좌우 벽에 기댄 채 줄을 서 있었다. 그 중심에 교주가 의자 걸이에 턱을 괴고 앉아 있었다.

"수고했네."

그의 입가에는 희미한 미소가 걸렸다. 진산이 데려온 오대악인 중 하나는 쓸 수 없어 보였지만, 나머지 넷은 제법 강해 보였다.

사실 교주의 생각과는 달리 구룡의 일원이라는 명성 값을 증명하듯, 그들 오대악인은 이 마교 내에서 교주를 제외한다면 그 누구도 그들을 막을 수 없을 것이다.

‘진짜로 임무를 성공하다니…….’

사마 군사는 입맛이 썼다. 가장 뒤에 폐인의 모습으로 부복한 사자금웅이 눈에 들어왔기 때문이다.

그와의 인연은 결코 작지 않았다. 사자금웅과 사마진천의 만남에서부터 자신의 무공이 조금이나마 회복되기 위한 디딤돌이 되기까지 한 존재였다.

사마휘진은 진산이 임무를 성공할 거라고는 생각도 하지 못했다. 그의 무공이 제법 뛰어난 것은 사실이나 구룡의 상대는 되지 않을 거라고 생각했다. 그리고 설사 그 반열에 올랐다고 하여도 오대악인 중 한 명 정도를 잡을 뿐이라고 막연히 생각했었다.

그렇기에 지금과 같은 상황은 그의 예상과는 많이 달랐다. 또 사자금웅에 대한 정보는 준 것이 없었기에 그의 등장 또한 놀라지 않을 수 없었다.

‘일이 조금씩 틀어지는군.’

사마휘진은 속으로 한숨을 내쉬었다. 진산은 자신의 생각보다 강해진 것 같았기 때문이다.

‘하지만 이로써 계획을 더 앞당길 수 있으니 오히려 다행이라 볼 수 있는 것인가?

그가 진산이 무공을 갈고닦는 데 도움을 주었던 것도, 오대악인을 찾아 데려오라는 임무를 준 것도 그가 더욱 강해지게 하기 위함이었다.

자신의 후손인 만큼 자질만은 그 누구에게도 지지 않는다는 사실을 알고 있었다. 그것은 첫째인 사마진천을 보면 알 수 있었다. 겨우 삼십 초반에 이른 나이에 오대악인과 어깨를 견줄 정도로 강해진 그였으니, 시간이 더 흘렀다면 더욱 강해졌을 것이다.

진산의 경우는 진천의 재능을 가지지 못했지만, 오히려 더 좋은 재능을 가지고 있었다.

'그런 단전을 가지는 것도 일족의 내력이지.'

사마세가의 후손들은 두 가지의 재능을 타고난다. 뛰어난 안력과 거대한 단전. 전자의 경우 동체시력은 물론, 기의 흐름까지 읽을 수 있는 재능이다. 후자의 경우는 날 때부터 단전이 형성되어 어떤 내공이든 단시간 내에 받아들일 수 있는 힘을 가지게 했다.

때문에 진산이 다섯 명의 고수에게서 내공을 받았음에도 탈이 없었던 것이다.

'처음 보았을 때는 놀랐지. 마교의 호법과 겨루어 밀리기는커녕 여유까지 보이는 모습을 보였으니까.'

원래는 자신이 가진 흡성대법으로 그의 단전을 채우고 초식 면에서는 어떻게든 사마휘진 자신이 개입하여 다듬어줄 생각이었다.

무공을 전혀 익히지 않았더라면 십 년은 더 걸렸을 계획이 단숨에 줄어들었다.

사마휘진이 미소를 짓고 있을 때 교주의 목소리가 들려왔
다.

"이제 그를 정식으로 교인으로 받아들이는 데 아무런 불만
이 없겠지?"

교주가 장로들과 대주들을 둘러보았다.

그들은 고개를 푹 숙이며 대답을 대신했다. 진산이 교도가
된다는 사실에 반발이 있었지만, 그의 무공이 증명된 이상 더
이상 반대할 수 없었다. 마교의 힘은 강자지존의 법칙에서 이
뤄지는 것이니 말이다.

'정말로 그런 임무를 수행할 줄이야……. 나의 예상을 뛰
어넘을 정도로 강해진 듯싶군.'

교주는 진산의 다리를 잘라내며 어느 정도 강해질 것이라
고는 생각했다. 그가 가진 한계는 거대한 내공과 더불어 고절
한 신법에서 이루어지는 것이었다. 때문에 그것을 극복함으
로써 더욱 강해질 것이라 예측했다.

그리고 짧은 시간 내에 진산은 교주가 생각하는 것 이상으
로 강해졌다.

'처음 사마 군사가 권하기에 아직 이르다 생각했건만…….'

교주의 생각과는 달리 진산은 이미 완성되어 있는 무인이
었다. 다만, 그것이 자신보다 강한 이를 만나지 못해 그 능력
이 개화하지 못했다. 그것이 시간이 지나면서 주화입마에 들
어, 언제 폭주할지 모르는 상태에 이르게 된 것이다.

정확하게는 빠르게 성장한 것이 아니라 다시금 그의 무공이 다듬어진 것이라고 할 수 있었다.

"감사합니다."

진산은 교주의 말에 고개를 꾸벅 숙이며 답했다. 교주는 흡족한 미소로 그를 바라보고 있는 반면, 장로들을 비롯한 대주들의 얼굴에는 그늘이 끼어 있었다.

교주가 슬쩍 손을 올렸다.

"그럼 물러가도록."

진산을 비롯한 오대악인들이 물러나자 교주가 사마휘진을 향해 입을 열었다.

"오대악인을 진산의 밑에 두는 것이 좋겠어. 그리고 그들이 입교하면서 일어나는 마교 내 문제는 군사가 알아서 처리하는 것이 좋겠지."

"예, 알겠습니다."

교주가 자리에서 일어나자 고개를 숙였던 장로들을 비롯한 대주들이 고개를 들었다.

"물러가라."

교주가 명을 내리고는 그대로 그 자리에서 사라졌다.

"……."

신출귀몰한 교주의 신위에 모두가 놀라고 있는 사이 사마휘진이 문밖으로 나섰다. 본격적으로 계획을 시작하려면 할 일이 많았다.

$*$ $*$ $*$

장로전 안에는 열두 명의 흑의인이 서 있었다. 마교 내에서 십이장로라 불리는 자들로서 교주 다음가는 힘을 가지고 있었다.

"큰일이야."

십이장로 중 맏이인 일장로가 중얼거렸다. 그의 흑의 가슴엔 붉은 글자가 새겨져 있었다.

일장로의 중얼거림에 이장로가 다가왔다. 그 역시 흑의 가슴에는 이(二) 자가 붉고도 선명하게 새겨져 있었다.

"무슨 일입니까?"

교주가 없었더라면, 아니, 교주가 조금이라도 약했더라면 그들은 격렬하게 세력 다툼을 할 이들이었다. 과거의 장로들이었던 육마존이나 칠장로들처럼 말이다.

그러나 그들은 워낙 권고하게 굳은 교주의 세력에 반란은 꿈도 꾸지 못하고, 오히려 교주의 힘에 눌려 살기에 바빴다.

십이장로들의 무공이 역대 장로 중에서 가장 약했던 것도 한몫했다.

본래 마교 장로의 수는 그리 많지 않다. 여섯 내지 일곱 정도였는데, 그들의 수가 두 배가량이나 늘어난 이유는 그만큼 그들이 힘이 없기 때문이었다.

“진산이 결국 교도가 되고 말았어.”

“그것은 이미 처음 그가 교에 들어왔을 때부터 교주님께서 받아들이지 않았습니까?”

일장로의 대답에 삼장로가 대답했다. 주름이 자글자글하고 눈썹이 하늘로 치켜진 듯한 그의 얼굴은 신경질적으로 보였다.

삼장로의 말에 일장로가 고개를 저었다.

“아니야. 그때는 교주와 사마 군사가 있었을 뿐이다. 그런 것은 언제든지 뒤집을 수 있었어. 우리 세력이 교주의 세력보다 수만큼은 많으니 여론 조작을 해서라도 말이야.”

일장로의 말을 다른 십이장로들 모두가 알아들을 수 있었다. 이미 대주들이 모두 모인 가운데 교주가 정식으로 교도로 받아들였으니 일장로의 계획은 모두 물거품이 된 것이다.

이장로가 다시 입을 열었다.

“무공만 강한 녀석입니다. 더군다나 교 내에는 아무런 인맥이 없으니 그가 우리의 위협이 되기에는 무리입니다.”

현재도 교주의 절대권력 아래 지배되는 마교였다. 십이장로도 그것까지는 거부하지 않았다. 그의 무공이 워낙 고강하기에 반항할 의지조차 들지 않았기 때문이다.

그러나 사마 군사가 들어온 뒤부터 장로들의 힘이 점차 약화되기 시작했다. 사마 군사는 책사답게 외부인임에도 교 내의 인물들을 하나둘씩 자신의 사람으로 포섭해 갔다. 십이장로가 방심하다가 뒤늦게 대응했을 때는 이미 많은 수의 사람이 포섭된 뒤었다.

"그가 꼭 우리 세력에 위협이 될 자는 아니지 않습니까?"

이장로는 긍정적으로 생각했다. 오대악인까지 데려온 것을 보면 그의 무공이 결코 낮지 않을 것이다. 그렇다 해도 자신들에 비한다면 한 수나, 좀 높다 해도 반 수 정도의 아래라고 생각했다.

비교 대상이 교주인 만큼 그들의 눈에는 진산 정도의 고수는 크게 차지 않았다.

"아니야, 아니야. 사마 군사 때도 그렇게 방심하다가 많은 인재를 잃었어. 교주의 후계자가 없는 이상 우리가 최대한 세력을 끌어 모아 교주 다음에라도 권세를 이어가야 한다는 사실을 잊지 말게."

일장로가 나지막한 목소리로 십이장로 모두에게 경고했다. 교주의 무위가 어느 정도인지 가늠할 수 없을 정도로 강하니 아마 십이장로보다 오래 살 것이다. 하나 교주의 정식 후계자가 없는 만큼 후일 무주공산이 될 마교에서 장로들의 후계자들만큼은 이 마교를 지배할 가능성이 컸다.

"후우— 그렇다고 교주님이 신임하는 무사를 위협할 수는 없지 않습니까? 그 영악한 사마 군사까지 있는 마당에."

이장로가 한숨을 토해내며 말했다.

"그래, 그렇지. 그래도 방심하지 말고 그의 동태를 살펴보는 것이 필요해.”

일장로가 이장로의 말을 수긍했다.

벌컥!

이야기가 막 마무리되어 가는 상황에서 누군가가 장로전의 문을 열며 들어왔다.

“죽고 싶은가, 감히 허락도 없이 장로전의 문을 열다니!”

“죄송합니다. 하지만 급한 일인지라…….”

삼장로가 버럭 소리치자, 황색 두건을 쓴 사내는 고개를 푹 숙이며 말했다.

일장로가 삼장로를 가로막으며 황색 두건의 사내를 향해 입을 열었다.

“무슨 일이냐?”

“그것이… 사마 군사가 진산이 세력을 만들 수 있도록 지원을 아끼지 말라는 지시를 그들 세력 내부에 내렸습니다.”

“뭐야!”

사내의 말에 삼장로가 목청을 높였다. 노한 그의 눈이 툭 불거져 나올 정도로 커져 사내를 노려보았다. 사내는 고개를 푹 숙인 채 감히 고개를 들 생각도 하지 못하고 부들부들 떨었다.

“일이 심각해진 듯싶습니다.”

이장로가 일장로에게 다가가 말했다. 얄팍한 입술이 파르르 떨리는 것이 겉보기와는 달리 그도 매우 흥분한 것 같았다.

삼장로가 다시 일장로에게 다가가며 입을 열었다.

"어떻게 하는 것이 좋겠습니까?"

"글쎄……."

일장로가 턱을 괴며 중얼거렸다.

그가 우려한 바대로 진산이 교 내에서 힘을 기른다면 교주와 사마 군사의 전폭적인 지원을 받는 그는 금세 큰 힘을 얻게 될 것이다.

"어떻게 해야 하나?"

일장로가 고민이 가득한 말을 흘리며 다른 십이장로들을 둘러보았다. 그들 또한 진산의 일로 안색이 어두워져 있었다.

씨익!

장로전 분위기가 무거워져 가는 가운데 황색 두건의 사내가 슬며시 미소를 지었다.

마교에 돌아온 진산이 가장 처음 찾은 자는 바로 철노였다. 그는 이 중원무림에 대해서 아는 바가 많아 보였다. 무공에 대해서도 비록 이론뿐이었지만 자신보다 아는 바가 많았다.

진산은 마지막 초식에 대한 불안 때문에 그에 대한 조언을 얻기 위해 그를 찾아 대장간으로 갔다.

"철 노사! 철 노사!"

그리 큰 목소리는 아니었지만, 내공이 담겨 대장간 안 구석구석까지 그의 목소리가 퍼져 나갔다.

"……."

하나 진산의 목소리에 아무런 반응도 없었다.

"아무도 없는 건가?"

인기척조차 느껴지지 않았다.

진산은 발을 돌려 대장간을 나섰다. 철노가 어디로 갔는지, 평소에 그가 친하게 지내던 이들에게 물어보기 위함이었다.

그리 멀지 않은 곳에 곽 노인이 기관을 정비하는 곳이 있었다.

"곽 노사, 계십니까?"

진산이 실내로 들어서며 목청을 높였다. 철 노사처럼 어디로 간 게 아닌가 싶어서였다.

"거, 시끄럽군. 귀가 따가우니 목소리 좀 낮춰주지 않겠나?"

곽 노인이 모습을 드러냈다. 그의 손에는 새의 모양을 한 장식품이 들려 있었다. 어떤 기관에 쓰일진 모르나 훤히 드러낸 내부에는 수를 헤아릴 수 없는 침이 빼곡하게 들어 있는 것으로 보아 매서운 위력을 지닌 살상용 기관 같았다.

진산이 그에게 다가가기 위해 주위에 어지러이 해체된 기관들을 피해 조심스레 걷는 것을 보며 곽 노인이 입을 열었다.

"어허, 조심해!"

“괜찮습니다. 어떤 기관이든 제 몸에 해를 가할 순 없으니까요.”

“그게 아니라 기관이 망가지면 고치기 힘들어. 시간도 없구.”

“아, 예.”

진산이 머리를 긁적이며 가볍게 허공으로 뛰어올랐다. 완전한 허공답보의 경지까지는 아니지만, 몇 걸음 정도는 땅에 발을 딛지 않고 걸을 수 있었다.

빙판 위에서 미끄러지듯 다가오는 진산의 모습에서 곽 노인은 감탄하지 않을 수 없었다.

‘허어! 대단하구나! 그의 무공이 더욱 발전했어!’

기관을 만들어 그의 무공 진보를 도와주었던 것이 엊그제 같았다. 그런데 다시금 본 그의 무공이 어느새 진일보해 있었다.

“곽 노사, 철 노사가 어디로 가셨는지 아십니까?”

“왜? 대장간에 보이지 않는가?”

“예.”

“흐음, 그래?”

곽 노인은 무언가를 생각하는지 턱에 손을 가져갔다.

진산은 그런 곽 노인의 태도에서 그가 철 노사에 대해 무언가 알고 있다는 사실을 알 수 있었다.

“곽 노사께선 철 노사가 어디로 갔는지 알고 계시는군요.”

“아니, 아는 것은 아니고…….”

“짐작되는 거라도 있으십니까?”

“음, 그건 있지만……. 왜 철노를 찾으려 하는 건가?”

곽 노인이 물음에 진산은 입을 꾹 다물었다. 사실 그가 철노사를 찾으려는 이유는 사마휘진에 대해 묻기 위함이었다. 거의 삼십 년이나 지난 일이었기에 다른 누구에게 묻기보다는 철 노사처럼 오랫동안 강호에 몸을 담아온 이에게 묻는 것이 가장 좋다고 생각했기 때문이다.

본래 가장 먼저 만목상을 떠올렸지만, 그들의 객관적인 정보보다는 조금 더 그 시대를 겪었던 이의 절실한 이야기를 듣고 싶었다.

‘이를 어떻게 말하나?

사마휘진은 무림공적이다. 융통성없는 강호에서는 무림공적인 사마휘진의 아들인 진산도 무림공적이 될 수밖에 없었다.

더군다나 사마휘진은 동서를 막론하고 모두에게 적으로 몰려 쫓겨난 몸이니 이곳이 사마휘진이 몸을 담고 있는 마교라 할지라도 입을 열기가 껄끄러웠다.

딱히 진산 자신이 무림공적이 되는 것이 두려운 것보다 그로 인해 겪는 불편함 때문이었다.

“뭐, 사정이 있다면 굳이 말하지 않아도 되네.”

곽 노인은 진산이 말할 수 없음을 알고 먼저 말했다.

진산이 곽 노인을 향해 미안한 표정을 짓자 곽 노인이 다시 입을 열었다.

"그가 어디 갔는지는 모른다네. 사실 그와 친하게 지내긴 했지만 나도 그가 무엇을 하는지, 왜 이곳에 왔는지조차 잘 모르네. 다만, 한때 그가 대단한 고수였다는 사실을 알 뿐이지."

곽 노인은 철 노사를 생각하며 말했다.

철 노사는 내공은 물론이거니와 무공을 익혔던 흔적조차 보이지 않았다. 무공이 안으로 갈무리되었다고 하여도 진산 정도의 고수의 눈을 피할 수는 없었다.

'무공을 잃은 것인가?'

그렇게 볼 수도 있었지만, 또 그렇게 되면 그런 대단한 고수가 누구에게 무공을 잃었는지가 의문이었다.

세상에는 많은 무림인이 있고, 그 가운데 고수라 말할 수 있는 이들이 있다. 요즘 들어 개나 소나 고수라 불리는 경향이 있어서 그렇지 일류, 절정 급이 아니라면 고수라 칭하기에는 무리가 있었다. 과거에는 그런 자들을 고수라 부르지 않았다.

곽 노인의 경우는 전대의 인물이라 볼 수 있었다. 그가 고수라 칭한다면 일류, 혹은 절정고수일 것이다. 곽 노인 또한 오랜 세월 무림에서 보냈으니 그가 무공을 익히지 않았다고 하나 무림인을 보는 눈이 결코 허접할 리가 없다.

"그렇군요. 교 내에는 없으니 교 외로 나갔다는 말일 터인데……. 곽 노사 생각은 어떻습니까?"

오대악인을 쫓기에 바빴기에 그에 대한 정보에 소홀했다. 아니, 무공을 잃은 노인이 무림에 재출두하였다 하여 소문이 날 리가 없었다.

곽 노인은 고개를 저었다.

"내 생각에는 아무래도 과거 그가 머물던 곳으로 되돌아간 듯하네. 나이가 먹으면 고향이 그리워지는 법이지. 그도 그래서 교를 나간 것이 아닌가 싶네."

'그렇다면 무엇 때문에 마교에 들어온 것이지?'

진산은 의문이 들었다. 하지만 그런 그의 의문을 풀기 전에 불청객이 모습을 드러냈다.

"네가 진산인가?"

청의를 입은 사내였다. 갑작스레 등장한 사내의 모습에 곽 노인은 깜짝 놀라 뒷걸음질쳤으나, 진산은 마치 알고 있었다는 듯 그를 바라볼 뿐이었다.

진산이 고개를 슬쩍 끄덕이자 청의사내는 다시 입을 열었다.

"십이장로님께서 너를 찾으신다. 어서 나를 따라와라."

사내의 고압적인 태도에 진산이 인상을 찌푸렸다.

청의사내는 십이장로의 사람으로 보였다. 마교는 대체로 교주 세력과 장로들의 세력으로 나뉘는데, 현재 교주의 사람이라고 구분되는 세력은 암룡대주를 비롯한 여섯 개의 무력 대 대주들과 호법들, 그리고 사마 군사를 포함한 외부 고수들이었다.

십이장로들의 세력이 마교 내에서 가장 큰 것은 사실이다. 하나 교주의 실력이 워낙 압도적으로 강했고, 또 교의 실세라 할 수 있는 전투 부대들은 모두 교주가 가지고 있었다. 정보 부대의 핵심 또한 사마 군사가 쥐고 있으니, 세력의 수가 많다곤 하나 장로들도 어쩌지 못하고 있는 실정이었다.

"십이장로가 저를 부른다고요?"

진산의 입가에 미소가 그려졌다.

'일났군.'

곽 노인이 이마를 짚으며 한숨을 내쉬었다. 청의사내는 느끼지 못하지만, 그의 등에서 살기가 망가진 수도꼭지처럼 줄줄이 새어 나오고 있었다.

그가 오대악인을 제압하고 돌아왔다는 소문을 통해 볼 때, 마교 역대 가장 무공이 약하다고 하는 십이장로들이 상대할 존재가 아니었다. 영악해 자기 이익만 챙길 줄 아는 그들은 좀 더 무공 공부를 했어야만 했다.

'아니면 최소한 안목이라도 높였어야만 하지.'

교주 곁에서 진산을 보는 것이 한두 번이 아닐 터인데 이렇게 무모하게 싸움을 걸 필요가 있는가. 곽 노인은 진심으로 십이장로들의 안위가 걱정되었다.

진산이 청의사내에게 다가갔다.

콰르르!

그가 발걸음을 내딛을 때마다 발밑에 깔린 기관의 잔해들이 주르륵 밀려 나갔다. 허공에서 발걸음을 내딛는 것과는 다른 신위였지만, 그 위세에서 차이가 났다.

꿀꺽!

청의사내가 진산의 위세에 질렸는지 침을 삼켰다.

"자, 장로님들께서 부르시니 어서 따라오시기 바랍니다!"

말투마저 바뀐 그의 모습에 진산은 피식 실소를 토해냈다.

청의사내는 진산의 상대가 일개 심부름꾼인 자신이 아닌 장로들임을 밝혔다.

그렇게 말을 남기고는 도망가듯 발걸음을 옮겼다.

진산의 신형이 미끄러지듯 그의 뒤를 쫓았다.

"그럼, 다음에 뵙겠습니다."

진산은 그렇게 말을 남기고 사라졌다.

청의사내가 발걸음을 멈춘 곳은 십만대산의 중턱, 시원스럽게 흘러내리는 폭포의 아래였다. 그 아래에는 열두 명의 흑의인이 기다리고 있었다.

"하아, 하아, 장로님! 그자를 데려왔습니다."

청의사내는 가쁜 숨을 토해내며 장로들 앞에 섰다. 장로들은 뒤에 선 진산을 한 번 힐끗 보고는 청의사내에게 손짓했다.

“그럼 저는 이만.”

청의사내는 장로의 손짓을 보고 재빠르게 사라졌다.

진산은 일렬로 서 있는 열두 명의 장로를 보고는 발걸음을 멈추었다.

“저를 불렀습니까?”

그의 태도는 곽 노인을 대할 때와는 사뭇 달랐다. 좋게 보면 당당하고, 나쁘게 보자면 건방지다고 할 수 있었다. 십이 장로들에게는 그러한 그의 태도가 후자 쪽으로 받아들여진 듯싶었다.

“뿌드득!”

장로들 중 성질이 급해 보이는 장로가 이를 갈았다. 눈썹이 하늘로 치켜 올라가고 이글이글 타오르는 눈동자로 보아 아무래도 그의 신경질적인 성격을 가지고 있는 듯했다.

진산은 그런 그들을 바라보며 고개를 움직였다.

뚜둑! 뚜둑!

그의 목 근육이 비명을 질렀다.

“하고 싶은 이야기가 무엇인지 듣고 싶군요.”

“허! 오만하군. 교주가 신임하고 있다고 해서 그런 건가?”

주름이 가장 많은 장로가 인상을 찌푸리며 말했다.

진산은 그들을 쭉 훑어보았다. 모두 열두 장로로 흑의와 죽립을 쓰고 있어서 자세히 살펴보지 않으면 쉬이 구분하기는 힘들 듯싶었다.

'그래서 가슴에 숫자가 새겨진 것인가?'

십이장로들의 가슴에는 각각 그 숫자가 새겨져 있었다. 아마 그들 사이의 서열을 나타내는 것 같았다.

진산의 시선이 그들을 훑을 때 그들 역시 진산을 탐색했다.

물론 그들은 다른 문파의 장로들에 비해 높은 무공을 가지고 있었지만, 과거 다른 문파의 최고수들과 동수를 이루거나 그보다 더 강했던 마교의 장로들은 존재하지 않았다.

그럼에도 불구하고 그들은 스스로가 오대악인보다 강하다고 생각했다.

마교 내에서는 교주 외에는 무서울 것이 없는 그들이었다.

그것에 있어 진산 또한 크게 다르지 않았다.

진산의 강함은 인정하지만 그것은 자신들에 비할 바는 아니라 생각했다. 때문에 주가가 한창 오르는 진산의 기를 확 꺾을 생각으로 불러낸 것이다.

'하지만 굳이 우리가 나섰어야 할까?'

삼장로는 죽립을 쿡 눌러쓰며 생각했다.

하지만 다른 장로들의 경우는, 그중 십이장로의 수장 격인 일장로의 경우는 생각이 달랐다. 장로들의 무공이 낮은 것처럼 그 밑의 수하들의 무공도 낮았다. 교주의 수하들이 그 수가 적다지만, 정예 중의 정예로서 장로의 수하들과 비교되를 거부할 정도였다.

진산은 절정고수다. 오대악인을 힘으로 제압해 올 정도면 결코 얕볼 상대가 아니었다. 그를 상대로 그들이 직접 나서지 않고 섣부르게 수하를 내보내면 아마 패배를 면치 못하고 교주의 눈 밖에 났을 것이다.

차라리 이런 일은 직접 나서 손을 보는 것이 가장 빠르고 정확하게 처리할 수 있었다.

'물론 우리가 직접 몸을 움직이게 한 대가는 톡톡히 치러야만 하겠지만.'

바스락!

진산의 발아래 돌멩이가 가루가 되어 부스러졌다.

"그렇게 살기만 풀풀 날릴 것이 아니라 말을 할 건지 싸울 건지 빨리 했으면 좋겠군요. 좀 피곤해서 말입니다."

"건방진!"

십장로가 목청을 높이며 진산에게 달려들었다. 다른 장로들은 여유롭게 그들을 바라보았다.

진산은 허리춤에 찬 검을 휙 던져 두고 자세를 잡았다. 최근에 검법을 완성했지만, 본래 그는 무기에 구애받지 않는 무인이었다. 권각에도 일가견이 있었다.

"검은 쓰지 않겠습니다."

"뭐라?!"

십장로가 갑자기 멈춰 서며 외쳤다.

"제가 검을 쓰면 당신들을 죽일 것 같아서 말입니다."

진산의 몸이 십장로를 향해 움직였다. 동시에 십장로의 신형 또한 빠르게 움직였다.

그릉!

십장로의 허리춤에서 검이 뽑혀 나왔다. 그것이 마치 야수의 울음소리와 같아서 스산하게 느껴졌다.

그의 검이 진산의 머리를 노리고 종으로 내리찍어 갔다. 진산의 신형이 옆으로 튕겨 나가더니 다시 땅을 박찼다.

팟!

바위가 먼지가 되어 튀어 오르고 진산의 신형은 십장로의 품 속으로 깊숙하게 파고들었다.

"큭!"

십장로는 검병으로 진산의 정수리를 향해 내려쳤다.

뻑!

십장로의 검병이 진산의 머리를 치기 전, 진산의 주먹이 먼저 십장로의 턱을 갈겼다.

"끄억!"

십장로가 비명을 지르며 뒤로 주춤 몇 걸음 물러설 때 진산이 번개처럼 다가가 그의 종아리를 후려쳤다.

퍽!

깨끗하게 울리는 소리와 함께 그의 몸이 주르륵 미끄러졌다. 허공에 붕 뜬 십장로의 머리를 향해 진산의 주먹이 떨어졌다.

십장로의 두개골이 진산의 주먹과 강가의 바위 사이에 끼어 기분 나쁜 소리를 토해냈다.

퍼억!

기분 나쁜 파열음과 함께 십 장로가 비명조차 내지르지 못한 채 쓰러졌다. 아직 죽지는 않았는지 꿈틀거리는 것이 묘하게 기괴한 느낌을 주었다.

십장로의 입에서 튀어 오른 피가 진산의 얼굴에 묻었다.

"정말 당신들을 상대로는 검도 필요없겠어요."

"……."

진산이 씨익 웃으며 말했다. 전과 같은 건방진 말이었으나, 장로들 모두가 얼어붙어 입을 열지 못했다. 서열 십위의 십장로였으나, 무공 차이는 그리 크지 않았다. 그런 그가 완벽하게, 너무도 쉽게 깨지자 충격이 큰 것이었다.

그런 상황에서 육장로가 팔을 휘휘 돌리며 앞으로 나섰다. 우람한 팔 근육이 걷어진 소매 밖으로 불끈 튀어나왔다.

"권각이라면 나에게 맡겨."

그는 다른 장로들과는 달리 자신감을 내비쳤다. 사실 진산이 보인 신위가 빠르고 강하기는 했지만, 권술의 묘리가 없었다. 그것을 보는 육장로의 눈엔 진산이 권각술을 흉내만 낼 줄 아는 원숭이로 보였던 것이다.

그가 눈을 빛내며 진산을 노려보았다.

'내가 나서면 몇 합 정도만으로도 녀석을 때려눕힐 수 있다.'

육장로는 자신있게 나섰다. 그의 무공은 십장로의 무공과는 한두 수 차이일 뿐이었지만, 권각술을 전문적으로 익힌 만큼 진산을 상대하기에 유리하다고 생각했다.

진산은 다가오는 육장로를 보며 자세를 취했다.

"흡!"

육장로의 주먹이 진산의 배를 향해 돌려쳐 갔다.

빙글!

진산의 몸이 나선으로 회전하더니만 팔꿈치로 육장로의 복부를 공격했다.

"핫!"

육장로는 대번에 땅에 눕더니 위를 향해 발을 뻗었다. 그의 발끝이 진산의 복부를 향했다. 누런 기운이 버선처럼 육장로의 발끝에 모였다.

진산이 한 걸음 뒤로 튕기듯 물러났다.

"합!"

육장로가 기합을 넣으며 팔꿈치로 땅을 때리자 그의 몸이 벌떡 일어났다. 육장로는 발끝으로 땅을 박차고 진산을 향해 뛰어올랐다.

그의 다리가 허공에서 수십 개로 늘어나며 진산의 전신을 노려갔다.

파바밧!

진산의 손이 육장로의 발을 하나하나 쳐내며 물러섰다. 정면으로 상대하기보다는 힘을 흘려내며 육장로의 틈을 보기 시작한 것이다.

"소모전을 하자는 건가? 좋다!"

육장로는 진산의 머리를 노리고 주먹을 쭉 뻗었다.

"아니, 열한 명을 상대로 장기전은 무리지."

진산이 육장로의 품속으로 파고들며 중얼거렸다. 몸을 빙글 돌린 진산은 그의 겨드랑이와 오른쪽 팔 끝을 잡아당기며 땅으로 메쳤다.

휘릭!

육장로가 허공에서 낙법을 시도했다. 그것에 반응한 진산의 발끝이 창처럼 육장로의 척추를 찔렀다.

우직!

"끄억!"

썩은 나무가 무너지는 듯한 소리와 함께 육장로의 비명 소리가 터져 나왔다.

진산이 한 걸음 더 가까이 다가가 오른팔로 허공에 뜬 육장로의 목을 움켜쥐며 땅에 찍어 내렸다. 천근추의 묘리가 담겨 육장로의 몸을 짓눌렀다.

쾅!

머리부터 거꾸로 떨어진 육장로는 굳게 박힌 묘비처럼 머리를 꽂은 채 정신을 잃어버렸다. 죽을 정도의 부상은 아니었으나, 꽤 오랜 시간 동안 육장로는 십장로와 함께 요양해야 할 것이다.

"간다!"

진산은 남은 열 명의 장로를 향해 뛰어나갔다. 더 이상의 시간 낭비는 필요없다고 생각한 것이다.

열 명의 장로가 둘로 나뉘었다. 일에서부터 오까지의 윗서 열의 장로와 칠부터 구, 십일, 십이장로가 좌우로 찢어졌다.

진산은 그들이 서 있던 곳에서 일순 멈춰 섰다가 하위 서열의 장로들을 향해 뛰어들었다.

채챙!

다섯 명의 장로는 각자의 병기를 꺼내 들었다. 그리곤 곧바로 자신의 병기를 휘둘렀다. 검과 도, 사슬 낫이 진산을 노렸다.

"죽어랏!"

십이장로가 사슬 낫을 날리며 외쳤다.

진산은 몸을 횡으로 틀더니만 사슬 낫을 낚아챘다.

"핫!"

십이장로가 깜짝 놀라 사슬을 당겨보지만 진산의 손에 잡힌 낫은 좀처럼 빠져나오지 못했다.

그는 당황해 주위의 도움을 청했다. 팔장로가 그의 시선에 알았다는 듯 진산을 향해 도를 횡으로 그었다. 쭈욱 늘어나는 그의 도기가 일 장쯤 되는 거리를 단숨에 좁혀갔다.

"생각 이상인걸요?"

진산이 이죽거리며 횡으로 긋는 팔장로의 도면을 가볍게 때렸다.

"헛!"

팔장로는 메뚜기처럼 위로 튕겨져 나가는 도를 강하게 부여잡았지만, 워낙 강한 힘이었는지라 주체할 수 없었다. 그사이 진산이 파고들었다.

진산은 오른발을 들어 팔장로의 무릎을 거침없이 밟았다.

빠각!

팔장로의 무릎이 거꾸로 접히며 기괴한 소리를 토해냈다. 진산은 사슬 낫을 쥔 채 빙글 몸을 돌리며 오른 팔꿈치로 팔장로의 인중을 강하게 때렸다.

"컥!"

팔장로의 몸이 허공에서 빙글 돌더니 땅으로 추락했다.

쿵!

묵직한 소리를 내며 팔장로의 몸이 떨어졌다.

그때 칠, 구장로가 검으로 진산의 양팔을 노려왔다. 기울어진 십(十) 자로 교차하는 그들의 검은 사슬 낫에 매인 진산의 팔을 단숨에 잘라낼 것 같았다.

진산은 급히 내공을 끌어올려 사슬을 당겼다.

채챙!

사슬 낫이 칠장로와 구장로의 검을 막으며 불꽃을 일으켰다. 생각보다 큰 반탄력에 칠장로와 구장로가 비틀거리며 물러섰다. 진산이 그 틈을 노려 사슬을 힘껏 당겼다.

“어어!”

진산의 힘에 사슬 낫을 쥐고 있던 십이장로가 버티지 못하고 끌려왔다.

빙글 몸을 회전하며 진산은 더욱 강한 힘으로 십이장로의 사슬 낫을 당겼다. 사슬 낫에 강한 내기가 담기며 십이장로는 저항할 수 없는 힘에 이끌려 날아왔다.

“이놈!”

그 순간 자세를 다시 잡은 칠장로와 구장로가 진산을 향해 검을 놀렸다.

진산이 핑그르르, 몇 번이나 몸을 회전시키며 사슬을 당겼다. 사슬이 허공에서 나선을 그리며 칠장로와 구장로의 검을 모두 튕겨냈다.

멀찍이서 지켜보던 십일장로는 뒤늦게 움직여 진산의 다리를 향해 도를 휘둘렀다.

‘이건 좀 위험하군.’

진산이 땅을 박차며 사슬로 십일장로를 공격했다.

“크으윽!”

사슬에 매달려 따라오던 십이장로의 몸이 땅으로 추락했다.

쿵!

묵직한 소리와 함께 십이장로가 눈을 까뒤집은 채 기절하였고, 십일장로는 그 밑에 깔려 숨을 헐떡이다가 정신을 잃었다.

칠장로와 구장로는 다시금 진산을 향해 검을 움직였으나 전과 같은 자신감은 볼 수 없었다.

진산이 앞으로 나아가자 칠장로와 구장로가 뒤로 물러섰다. 그들의 검끝이 막 태동하는 뱃속의 태아마냥 움찔거렸다.

두려움에 못 이긴 구장로가 먼저 진산을 공격해 왔다. 그럼에도 깊고 예리한 찌르기였다.

진산의 신형이 구장로를 향해 화살처럼 튀어나갔다.

피슉!

구장로의 검에 진산의 어깻죽지가 잘렸다. 구장로의 입가에 희미한 미소가 그려졌다.

으적!

순간 그의 시야가 환해지더니만 검은 주먹이 그의 시야를 가렸다.

꽈과꽝!

진천뢰가 여러 번 연달아 터지는 듯한 굉음과 함께 구장로의 몸이 머리부터 땅으로 쿵 하고 떨어졌다. 그 뒤를 잇듯 그의 몸이 허수아비처럼 쓰러졌다.

칠장로가 구장로를 쓰러뜨리는 진산의 등을 향해 검을 찔렀다.

슥!

진산의 검지와 중지가 뒤로 쑥 튀어나오며 칠장로의 검을 가볍게 잡아냈다.

휘익!

진산이 손을 비틀자 칠장로가 크게 비틀거리며 넘어갔다. 진산은 그 순간에 맞춰 빠르게 다가가며 그의 얼굴을 향해 왼쪽 무릎을 찔러 넣었다.

으적!

"크학!"

칠장로가 비명을 지르며 쓰러졌다.

순식간에 다섯 장로가 쓰러지자 남은 일에서 오까지의 장로들이 숨을 죽였다.

'이거 잘못 건드린 거 아니야?'

워낙 권력에 취해 무공에 소홀히 한 그들이었다. 가뜩이나 마교 역사상 최악이라고 불리는 그들이었는데 무공 수련까지 게을리 했으니 진산의 상대가 될 수 없었다.

'상대를 너무 얕잡아봤어. 안이한 마음에서 일어난 방심이 일을 그르친 것이다.'

일장로는 마음을 다잡았다.

그들은 마교의 장로였다. 역대 최약체라는 소리를 듣기는 하지만, 무림에서 그들의 이름이 가지는 무게는 일문의 장로와 비견될 정도였다. 그리고 그들의 무공 또한 가벼이 볼 만한 것은 아니었다.

‘이제야 본격적으로 할 생각인가?’

육에서 십이장로들을 죽이진 않았다. 살기를 억제하지 못했던 과거의 그라면 꿈도 꾸지 못했을 일이지만, 무공이 완성 단계에 이른 지금 마음속에 여유가 생겼다.

진산은 자세를 바로 했다. 왼손이 스르르 실처럼 풀려 앞으로 나아갔고, 오른손이 으스러지도록 쥐어졌다.

“오시지요.”

“이, 이놈!”

삼장로가 노해 땅을 박찼다. 퉁 하고 화살처럼 뛰어오르는 그를 시작으로 네 명의 장로가 뒤를 이었다.

‘성급하게 공격해서는 안 된다. 뛰어난 고수라도 틈은 있다.’

일장로는 차분하게 진산을 탐색했다. 그가 괜히 마교 장로들 중 수장 역할을 하는 것이 아니었다. 장로들 중 가장 뛰어난 무공과 더불어 상황 파악이 제일 빨랐다. 때문에 쉽게 교만해지기도 했지만, 지금의 그는 진산을 상대하기 위해 다시 마음을 다잡았다.

일에서 오까지의 장로들은 하위 서열의 장로들과는 확연한 차이가 있었다. 먼저 그들의 기세가 하위 서열의 장로들보다 눈에 띄게 강했다.

“마륜섬(魔輪閃)!”

휘잉!

삼장로가 초식 명을 외치며 도를 휘둘렀다. 팽이처럼 휘도는 도가 진산의 앞섶을 베어냈다.

'썩어도 준치라더니, 역시 마교의 장로들인가?'

진산이 삼장로의 공격에 뒤로 물러섰다. 검까지 던져 버린 지금, 다섯 명의 고수를 상대하는 일은 쉽지 않았다.

그들은 얼마 전 제압한 대락조를 상대하는 것과는 달랐다. 대락조처럼 그들의 무공을 세세하게 아는 것도 아니었으며 살의가 없던 것도 아니었다.

'맹수라는 놈은 상처를 입은 뒤에는 더욱 강해지는 법이지.'

진산은 주먹을 천천히 말아 쥐었다.

다섯 명의 장로는 추(錘)의 형태로 진을 구성했다. 두 개의 축에서는 이장로와 오장로가 검을 들고 자세를 잡았고, 바로 그 뒤에는 삼장로와 사장로가 도를 아래로 내린 채 기다렸다. 마지막으로 꼭지 부분에는 일장로가 검을 들고 서 있었다.

'진이라……'

진산은 피식 미소를 지었다.

"가라!"

일장로의 외침에 이장로와 오장로가 진산의 옆으로 미끄러지듯 움직였다.

"호오?"

진산은 그들의 움직임을 정확하게 관찰하기 시작했다. 겉으로 보이는 모습과는 달리 그는 장로들의 일거수일투족에서 시선을 흘리지 않았다.

이장로와 오장로의 뒤를 따라 삼장로와 사장로가 진산의 앞으로 나타났다.

"흐압!"

"흐리얏!"

두 사람이 기합을 토하며 서로가 상이한 방향으로 공격을 감행했다.

후웅!

삼장로의 도가 밑에서부터 위로 치솟았다. 반면 어느새 위로 뛰어오른 사장로의 도가 하늘에서 떨어져 내렸다. 두 개의 도가 교차하며 진산의 몸을 동강 낼 것처럼 공격해 왔다.

진산의 몸이 버드나무 가지처럼 흔들렸다.

쉬잉!

옆으로 비켜서려던 진산은 이장로의 검에 급히 몸을 굽혔다. 그 뒤를 이어 오장로의 검 또한 진산의 굽은 등을 향해 휘둘러졌다.

사악!

카캉!

금속음이 터지며 네 장로의 움직임이 멈추었다. 또한 뒤에서 후속 공격을 준비하던 일장로 또한 발걸음을 멈추었다.

"의족인가?"

이장로가 씁쓸한 표정으로 중얼거렸다.

두 개의 도가 진산의 몸을 반 토막 내기 위해 위아래로 움직였고, 양옆에서는 이장로의 검과 오장로의 검이 톱니바퀴처럼 맞물린다. 곧바로 삼장로와 사장로가 좌우로 물러나며 일장로가 섬전처럼 튀어나갔다. 준비하고 있는 만큼 그가 발도를 시도하는 데 필요한 시간은 한 호흡도 쉴 틈조차 주지 않는다.

그것이 다섯 명의 장로가 친 진이었다. 연환이 되는 것은 아니었지만, 일격에 상대를 죽이는 힘이 담긴 진법이었다.

그것을 진산은 호신강기가 인 의족으로 막아냈다.

인간의 살이 아무리 단단해도 검보다는 무르다. 하나 의족의 경우는 재질이 피륙이 아니니 강기가 일어난 검처럼 적의 공격을 막는다면 진을 와해시킬 수 있었다.

“하지만 어떻게 그런 짧은 시간에 네 개의 공격을 모두 무위로 돌렸단 말인가?”

삼장로와 사장로의 등에 가려 제대로 보지 못한 일장로가 놀란 표정을 감추지 못하고 중얼거렸다.

본래 이 진은 권법 고수를 상대로 펼치는 진이다. 다섯 명의 장로 급 고수가 시전하면 막을 수도 피할 수도 없는 강력한 진이 되는 것인데, 진산은 너무도 쉽게 막아냈다. 일장로로서는 그것이 믿기지 않았다.

‘휴우, 조금 위험했군.’

진산이 속으로 한숨을 내쉬었다.

일장로가 생각하는 것처럼 진산은 쉽게 이들의 공격을 막아낸 것이 아니었다.

먼저 진산은 의족을 당겨 올렸다. 위에서 내리찍는 사장로의 도면을 가볍게 때리고 방향을 흘렸다. 반동으로 튕겨 나가는 그의 의족이 사장로 때와는 반대로 강한 힘으로 오장로의 검을 튕겨내고 아래에서 올라오는 삼장로의 도를 빙그르르 돌며 피했다. 마지막으로 이장로의 검이 진산의 몸을 향해 찔러오는 것을 땅을 디디던 발을 차올리며 허공에서 몸을 회전시켰다.

촌극(寸隙)의 시간 속에서 이루어진 공방이었다.

"싸구려 진법은 쓰지 않는 게 좋습니다. 다음에는 피하기만 하진 않을 테니까요."

진산은 검이 없다는 사실에 부담을 느꼈다. 얼마 전까지만해도 검에 구애를 받지 않았는데, 무공을 검으로 완성한 지금으로서는 박투술만으로는 무리라는 것을 느꼈다.

상대가 진법까지 구사하는 마당인지라 진산은 아직은 자신이 무력하다고 생각했다.

'검법을 손발로 펼칠 수도 없는 노릇이고.'

철저하게 검을 위주로 만들어진 검법인지라 손칼로 실현하기에는 무리가 있었다. 전체적으로 실현은 가능할지 몰라도 그 완성도가 매우 떨어져 차라리 몸에 익은 권각술로 상대하는 것이 더 유용했다.

'도발이 듣지 않는다면 위험하겠는걸?'

그렇게 되면 더 이상 그들을 죽이지 않으면서 싸울 여유가 없어질 것 같았다.

진산이 슬며시 살기를 드러냈다.

"시간이 더 필요하나?"

쏴아아—

그의 목소리가 폭포 소리에 녹아들었다.

새까만 흑의. 마교를 상징하는 마(魔) 자가 선명하게 박힌 옷을 입은 사내가 의자에 몸을 깊숙하게 파묻은 채 앉아 있었다.

어둠이 무겁게 틀어박힌 장내에서 교주는 그렇게 허공을 응시하고 있었다. 그의 옆에는 사마휘진이 고개를 살짝 숙인 채 서 있었다.

"군사, 지금쯤이면 장로 녀석들과 진산이 싸우고 있겠지?"

"예, 제가 그들의 귀에 진산이 교주님을 등에 업고 새로운 세력을 만들려 한다는 정보를 흘렸으니 그들은 틀림없이 움직일 겁니다."

사마휘진이 더욱 고개를 숙이며 대답했다.

"교활한 늙은이들, 무공 수련은 하지 않고 머리만 굴려서 세력을 불리고 있어. 그래 봐야 이 마교 내에서는 무용한 것인데……."

교주가 존재하는 이상 장로들이 아무리 용을 써봐야 제자리걸음일 뿐이었다. 본래 강자지존법칙을 그대로 유지하는 마교 내에서 명분이나 정의는 퇴색한 지 오래였고, 힘없이 파벌을 만들어봐야 모래성을 쌓는 것과 같았다.

사마 군사가 고개를 꾸벅이며 입을 열었다.

"옳으신 말씀입니다."

하나 사마 군사는 교주의 생각과는 달리 십이장로들을 한번쯤 완전히 뭉개주어야 할 필요가 있다고 생각했다. 진산과 싸움을 붙인 이유는 그 때문이었다.

십이장로의 무공으로는 아무리 용써봐야 오대악인을 제압하여 데려온 진산의 상대가 될 수 없었다.

'그들의 수가 좀 줄었으면 좋겠지만…….'

진산의 무공이라면 죽이지 않고 그들을 제압하는 것은 문제가 아닐 것이다. 오대악인도 생포했는데 십이장로들을 상대로 쩔쩔맨다는 것은 말이 되지 않으니 말이다.

교주전의 어둠이 짙어지기 시작했다.

"그럼, 결과만을 기다리면 되겠군."

교주가 멍하니 허공을 바라보며 중얼거렸다.

일장로는 숨을 내쉬었다.

"후우—"

딱딱하게 굳은 몸이 호흡을 함에 따라 점차 풀리기 시작했다. 근육이 풀리면서 그의 검이 시든 나뭇가지처럼 축 처졌다.

이장로를 비롯한 네 명의 장로는 종형의 진법에서 물러나 일장로의 뒤에 섰다. 그들은 진산의 기세에 눌린 듯 안색이 좋지 않았다.

"우리를 상대로 몇 수까지 내다보고 있나?"

일장로가 조심스레 입을 열었다. 그는 이미 패배를 짐작하고 있었다. 진산이 계속해서 박투술로 겨뤄온다면 모르겠지만, 그는 위기에 몰리면 어떤 수를 써서라도 검을 쥘 것이다. 그렇게 되면 장로들의 필패는 예견된 것이라 보아도 무방했다.

그를 포함한 다섯 장로가 힘을 합쳐 진산을 이길 가능성은 사 할이 조금 넘었다. 오 할 미만 사 할 이상의 확률에 승부를 걸기에는 그들은 너무 늙었다. 패기 하나로 몸을 움직였던 젊은 날과는 많이 다른 것이다.

"포기하려는 건가?"

진산이 힐끔 검을 향해 시선을 돌렸다. 그의 시선은 검을 지나 쓰러진 일곱 명의 장로를 향했고, 마지막에는 일장로의 눈으로 향했다.

일장로는 불에 덴 듯 뜨거운 기운이 진산의 눈을 통해서 느껴졌다.

'죽일 셈인가?

교도들끼리 비무 도중 상대방을 상하게 하거나 죽이는 일은 특이한 일도 아니었다. 비무를 가장해 상대를 해하는 일도 무수히 많으니 진산이라고 다른 마음을 먹지 말란 법은 없었다.

일장로는 다시금 바짝 긴장했다. 지금 자신의 행동에 따라 진산이 어떻게 움직일지가 달라진다는 사실을 깨달은 것이다.

'이대로 쉬이 끝낼 생각이 없다는 것인가?

일장로는 진산의 태도를 그렇게 받아들였다.

진산 역시 일장로의 생각처럼 일을 어중간하게 끝낼 생각 따위는 없었다. 더군다나 한 번 살의를 내비친 적에게 만만하게 보일 생각 또한 없었다.

스윽!

진산이 다시 자세를 취했다. 그럼에도 그의 시선은 좀처럼 검에서 떨어지지 않았다.

'그가 검을 쥔다면 우리가 진다!'

일장로는 진산을 바라보며 생각했다. 그것은 오랜 세월 여러 일을 겪으면서 얻은 직감과도 같은 것이었다.

하지만 삼장로를 비롯한 낮은 서열의 장로들은 그것을 눈치 채지 못한 채 공격을 준비했다. 그들의 내공이 혈도를 따라 검과 도에 흘러갔다.

‘간다.’

스팟!

삼장로가 보법을 밟았다. 그의 도가 엿가락처럼 늘어나며 진산을 노렸다.

쉬익!

삼장로의 공격에 반응해 즉각 사장로와 오장로도 움직였다.

삼장로의 도가 진산의 허리를 노렸다. 그의 도가 단숨에 거리를 줄였다. 진산의 상체가 삼장로의 도 밑으로 푹 꺼졌다.

팡!

삼장로의 도에서 폭음이 터졌다. 허공을 긋던 그의 도가 갑자기 방향을 틀어 진산의 머리를 노렸다. 진산의 몸이 옆으로 슬쩍 흔들렸다. 그때 사장로의 도가 측면을 노렸다.

“도망치지 못한다!”

오장로가 목청을 높이며 진산을 향해 검을 찔러갔다. 세 장로의 연합 공격이 진산을 노렸다.

‘더 이상 피하는 것은 무리군.’

진산이 그렇게 생각함과 동시에 몸이 반응했다.

사악!

옷고름이 풀리는 듯한 소리가 들리며 세 장로의 움직임이 멈춰졌다.

“음?”

뒤에서 후속 공격을 노렸던 일장로와 이장로는 갑작스런 상황에 움직임을 멈췄다.

스르륵!

삼장로의 몸이 천천히 무너졌다. 쓰러지며 드러난 그의 얼굴은 강한 힘에 의해 완전히 찌부러져 있었다.

일장로의 시선이 진산을 향했다.

진산은 세 개의 검과 도 사이에 오롯이 서 있었다. 번쩍이는 안광과 함께 고른 숨을 내뱉는 그의 몸에서 희뿌연 연기가 흘러나오는 것 같았다.

“무슨 일이지?”

일장로는 입을 쩍! 벌린 채 목각 인형처럼 멈춰 버린 사장로와 오장로를 바라보았다.

진산이 일장로의 물음에 미소를 지었다.

“끄어어어!”

“커어억!”

그 순간 사장로와 오장로가 신음을 토하며 쓰러졌다. 그럼에도 일장로는 진산에게서 시선을 거두지 않았다.

오장로의 것으로 보이는 검은 반 토막이 난 채 진산의 손에 들려 있었다. 검극을 잡은 진산이 그것을 부러뜨려 부서진 단면을 향해 일장을 내지른 것으로 보였다. 오장로의 검병은 강한 힘으로 주인의 명치를 찌른 후 반동으로 다시 진산에게로 날아온 것이다.

'그리고 그것을 다시 그는 잡은 것이군.'

그리고 사장로의 것으로 보이는 도는 진산의 발에 밟혀 있었다. 쓰러진 사장로의 턱이 박살 난 것으로 보아, 도가 밟히며 중심을 잃은 사장로의 머리를 잡은 진산이 자신의 무릎으로 찍은 듯했다.

삼장로의 도는 완전히 박살 나 있었다. 가장 먼저 휘두른 그의 도를 진산은 오장로와 사장로의 공격 바로 전에 오른발을 올려 그의 도면을 정확하게 가격해 부러뜨렸다. 그리고 완벽하게 두 장로를 처리하고 내상으로 움직임이 잠시 굳었던 삼장로를 향해 다시 한 번 발을 움직였던 것이다.

'그것을 한순간에 끝냈다!'

진산의 경이로운 무공에 일장로는 입을 다물지 못했다.

챙!

이장로가 검을 뽑으며 앞으로 튀어나갔다. 일장로는 그를 막기 위해 신법을 펼쳤지만, 이장로가 진산을 공격하는 것이 더 빨랐다.

이장로의 검이 진산의 머리를 노렸다. 진산은 고개를 젖히며 뒤로 물러섰다. 검이 이번에는 복부를 노렸다. 푹 찔러오는 검을 진산은 가볍게 땅을 박차 올랐다.

'잡았다!'

허공에 떠오른 진산을 공격하며 이장로는 속으로 기쁜 듯

소리쳤다.

뻑!

진산의 발이 이장로의 머리를 가격했다. 그것은 이장로의 검보다 훨씬 빠르게 그의 뇌를 흔들었다. 신음조차 지르지 못하고 이장로의 몸이 스르르 무너졌다.

일장로는 발걸음을 멈춘 채 진산을 바라보았다. 진산이 자신을 향해 까닥까닥 손짓을 하고 있다.

"오시지요? 당신마저 완벽하게 눌러 드리지요."

진산의 입가에 맺힌 미소가 너무 사악하게 보였다.

일장로는 한숨을 푹 쉬었다. 십이장로 중 자신을 빼고 모두 무너뜨렸다. 단 한 명도 죽이지 않고. 뼈가 부러지고 내상이 심해 요양을 해야 하겠지만, 먼저 공격한 것이 그들이었으므로 그 정도는 감수해야 했다.

"사양하겠다."

일장로는 당당하게 거절했다. 무력으로 완벽하게 깨진 그들이었지만, 자존심마저 깨지고 싶지 않았기 때문이다. 이는 수십 년 동안 마교의 이인자 역할을 해온 장로의 마지막 자존심이었다.

진산은 피식 웃으며 고개를 끄덕였다.

'그런데 나를 노린 이유가 뭐지?'

진산이 갑작스럽게 고개를 휙 들어 바라보자 일장로가 깜짝 놀라 몇 보 물러섰다.

“크흠!”

일장로는 지레 겁먹은 자신이 무안한 듯 크게 기침을 한 번 토하고는 다시 걸음을 옮겨 제자리에 섰다.

그것을 바라보던 진산이 슬쩍 미소를 지으며 입을 열었다.

“그렇게 두려우십니까? 그런데 어째서 저를 노렸습니까?”

“…….”

일장로는 대답하지 않고 잠시 뜸을 들였다. 진산은 느긋하게 기다렸다.

진산의 기다림에 일장로의 팔이 천천히 풀어졌다. 더 이상 싸울 의욕이 없어진 듯 일장로에게선 진산을 향한 투기도 비치지 않았다. 그의 느린 행동은 일의 실패로 인한 허무감 때문인 것 같았다.

스팟!

그 순간 일장로의 오른손이 검병을 틀어잡는 것과 동시에 발검을 시도했다. 진산의 몸이 뒤로 휙 떠올랐다. 그의 오른발이 일장로의 머리를 노렸다.

‘확실하게 급소를 노리는군.’

일장로가 검을 들어 진산의 발차기를 막으며 생각했다. 진산은 확실하게 급소를 노려 적을 무방비 상태로 만들어 버린다. 그 일격이 워낙 확실한 힘을 가지고 있어 일격을 버틴 장로가 없었다.

스윽.

진산의 발이 허공에서 부드럽게 지(之) 자를 그리며 일장로의 다리를 노렸다.

"큭!"

일장로는 신음을 흘리며 땅을 박찼다. 허공에 뜬 그는 진산을 향해 초식을 날렸다.

파라락!

일장로의 검이 뱀처럼 흔들리기 시작했다. 검의 두께가 두꺼워지더니만 무겁게 진산을 향해 떨어졌다. 일장로의 최후의 초식인 거사검(巨蛇劍)이었다.

진산의 손이 올라가며 그의 눈이 기묘한 빛을 토해내기 시작했다. 회색의 기가 그의 손을 뒤덮었다.

"제 공격에도 무사하길 바랍니다."

진산이 전과 달리 자상한 미소를 지으며 말했다. 하나 그런 그의 말과 다르게 그의 손에서 느껴지는 기운은 끝 모를 사악함이 깃들어 있었다.

일장로가 더욱 기를 끌어올려 거사검을 펼쳤다. 십성 공력 전부가 토해져 나왔다.

쿠아아아!

거대한 뱀이 울음을 토하기 시작했다. 아니, 그것은 뱀보다는 마치 용과 같은 느낌을 주었다.

"재미있군요."

진산이 손을 가볍게 흔들었다. 회색 기가 실타래 풀리듯 흔들렸다. 그것은 기류를 형성하며 거대한 바람을 담았다. 칠단 검법의 마지막 초식이 그의 손에서 장법으로 변하는 순간이 었다.

스윽!

요란스레 터지는 거사검의 비명 소리와 달리 진산의 회색 장풍은 소리가 없었다. 부드럽게 승천하는 장풍은 점차 뚜렷한 모습을 형상하기 시작했다.

'뱀?'

일장로의 눈앞에서 회색의 뱀이 꿈틀거리며 하늘로 올라 갔다.

진산의 손에서 구현된 것은 역시 뱀이었다. 소리도 없이 눈을 번뜩이는 뱀은 제 몸보다 훨씬 더 큰 일장로의 뱀을 향해 입을 쩍 벌렸다.

'놀랍구나! 그가 우리를 죽일 생각으로 싸웠더라면 얼마나 버틸 수 있었을까?'

일장로의 거사검이 진산의 장풍에 여지없이 먹혀 버렸다. 진산은 거사검을 무력화시키는 것에 만족하고 기를 서둘러 거두었다.

'큭! 역시 통제가 쉽지 않아.'

검이 아닌 장법으로 펼쳤기에 이 정도인 것이었다. 검이라 면 아마 일장로는 물론 주위의 모든 것을 먹어버렸을 것이다.

일장로의 몸이 허공에서 떨어졌다. 거사검을 쓰는 데 십성

공력을 사용했을 뿐만 아니라, 그것이 무위로 돌아가면서 내
상을 입은 것이다.

"끄으으윽!"

일장로가 신음을 흘렸다. 진산이 그에게 다가갔다.

"무엇 때문에 저를 노렸습니까? 제가 눈에 거슬렸던 것인
가요?"

진산은 내상으로 고통스러워하는 일장로에게 물었다. 그
의 눈이 전과 같이 빛을 토하며 일장로를 노려보고 있었다.
마치 뱀과 같은 눈동자는 상대방의 기를 확실히 죽이는 힘을
가지고 있었다.

일장로는 그런 진산을 바라보며 힘겹게 입을 열었다.

"네가 교 내에서 세력을 만든다고…… 들었다."

"제가요? 그 말을 누구한테 들었습니까?"

"사마 군사 측에 심어둔 내 첩자에게……."

일장로의 고개가 푹 꺾였다. 내상이 심해 기절한 것이다.
진산은 그의 단전에 손을 대고 기운을 끌어올렸다. 이대로 두
면 필히 죽을 것이다. 약하다곤 해도 마교의 장로들, 그리고
그들의 수장이다. 그를 죽이면 필히 장로의 세력들이 암중으
로 진산을 노릴 것이 분명했다.

그것이 두려운 것은 아니다. 제아무리 많은 살수들을 보낸
다 한들 그를 죽일 수는 없었다. 하나 수시로 공격을 감행한
다면 그가 할 일에 지장이 생긴다. 가뜩이나 적이 많은 상황

이었다.

"그래, 사마 군사 그놈이란 말이지?"

목표가 확실하게 잡혔다, 그의 검이 향할 목표가.

진산이 씩 미소를 지으며 자리에서 일어났다. 그의 몸에서 회색 강기가 불꽃처럼 숫아올라 허공에서 일렁였다.

"나를 시험한 것이냐? 아니면……."

'나를 통해 대립하는 세력의 힘을 약화시키는 것이냐?'

뒷말을 속으로 삼키며 분노를 더욱 거세게 태웠다. 무공이 상승되며 마음에 평온해져 갔다. 그가 익힌 무공이 마공은 아니나, 지금 그의 현상을 보자면 마공의 경지 중 탈마(脫魔)의 경지를 이루며 생기는 일이었다.

진산이 고개를 저었다.

"좀 더 강한 분노와 살의가 필요해."

그의 복수는 아직 끝나지 않았다.

第二十七章

반역(叛逆)

사마휘진이 익힌 무공은 흡성대법이었다. 과거 마교에서도 금지 무공이라 할 정도로 사악한 무공이다.

흡성대법은 남의 진기를 자신의 것으로 함으로써 힘을 얻는 무공이다. 내공이 단시간에 증진되고, 적의 공격을 무력화시킬 수 있는 힘을 가지고 있었다.

이런 흡성대법에도 약점은 있었다.

주화입마(走火入魔).

주화입마는 무공을 수련하는 이들에게만 생기는 고질적인 병에 가까운 것이었다. 호흡을 통해 단전에 내공을 쌓으면서 무림인은 스스로의 몸을 일정 부분에 한해서 움직일 수 있다.

예로 기를 통해 몸의 일부분을 단단하게 만드는 경기공이나 기를 밖으로 뿜어내는 검기, 검강, 장풍 등이 있다.

문제는 내공을 수련하는 무림인이 실수로 기의 움직임을 제대로 통제하지 못하게 되면 혈맥이 뒤틀어지고 기가 엉켜 내부가 엉망이 되게 되는데, 이를 주화입마라 한다.

흡성대법의 경우는 직접적으로 호흡하는 것이 아니라 남의 내공을 빼앗아 기를 쌓는 것이니 주화입마의 위험도가 매우 높았다. 그리고 그것은 무공이 높아질수록 주화입마의 확률이 높아져 절정고수에 다다를 때면 열이면 열, 백이면 백 모두 주화입마에 이르고 만다.

주화입마는 혈도와 신경계에 문제를 일으킨다. 그것은 뇌의 신경까지 망가뜨리는데, 이를 심마라고도 한다. 사마휘진의 경우가 그러한 상태였다.

정파의 대협으로서 성품이 매우 곧았던 그가 지금은 자신의 자식까지 망쳐 놓을 정도로 심마가 깊게 들어 있었다.

진산이 막 중원에 발을 내딛었을 때 사마휘진은 심마에 완전히 물들지 않았다. 그의 인품이 워낙 뛰어났기 때문에 끊임없이 심마와 싸웠고, 진천이 심법을 운용할 때 공격을 감행하지 않았던 것도 아직 완전히 심마에 지배되지 않았기 때문이었다.

'크흐흐, 드디어 내가 무림을 지배할 때가 다가오는구나.'

사마휘진은 의자에 몸을 파묻은 채 보고서를 읽어나갔다.

그가 읽고 있는 것은 십이장로에게 심어둔 이중첩자가 보낸 진천과 장로들의 전투 보고서였다.

심마에 완벽하게 지배된 사마휘진은 광기로 번들거리는 눈동자로 진산 뒤에서 무림을 지배하는 자신을 상상했다. 피가 끊임없이 흐르고 시체가 수없이 굴러다니며, 비명 소리가 끊이질 않는 지옥 같은 풍경이 떠올랐다.

과거 그가 대협이라 불렸던 시기의 꿈과는 판이하게 다른 세상을 꿈꾸기 시작한 것이다.

"이제 교주와 진산을 붙여야겠어."

사마휘진이 종이와 붓을 꺼냈다. 무림보다는 먼저 마교를 지배해야 할 시기였다.

진산과 교주의 비무는 전과 달리 야외에서 이루어졌다.

십만대산에는 수많은 봉우리들이 있는데, 그 가운데 바늘처럼 날카롭게 솟은 봉우리가 있다. 바늘이 하늘을 찌른다 하여 침자봉(針刺峰)이라 불리는 곳인데, 교주와 진산은 이곳에서 겨루기로 하였다.

참관인들로는 십이장로와 오대악인, 그리고 사마 군사뿐이었다. 전과 달리 오대악인이 늘었을 뿐, 참관인은 크게 다르지 않았다.

"그래, 강해졌나?"

교주가 천천히 걸어나오며 진산에게 물었다. 그의 시선은 진산이 아닌 의족을 향하고 있었다.

진산은 전과 같은 미소를 보이지 않았다. 그에게는 여유가 없었다. 이미 그와 한 번 겨루어 패배의 쓴잔을 맛보았기 때문이다.

"아직 멀었습니다."

진산은 대단하지 않다는 듯 대답했다. 무공은 완성되었으나 완벽하게 익히지 못했다. 정확히는 칠단검법의 마지막 검법이 통제가 되질 않았다.

교주는 진산을 면밀히 관찰했다. 몸에서 풍기는 기운이나 기세, 그리고 그의 몸 상태까지 꼼꼼히 살펴보았다.

'과연……'

처음 사마 군사가 진산에게 오대악인을 끌고 오라는 명령을 내리라 했을 때 큰 감흥을 느끼지 못했다. 진산 정도 되는 무인이라면 명상과 스스로의 성찰을 통해 강해지는 것이다. 비무는 교주, 자신과 같은 고수와의 대전이 아니라면 큰 의미가 없었다.

그러나 교주의 생각과는 달리 진산은 분명 강해졌다.

'그것도 나와 근접할 정도로 말이지.'

교주가 씩 웃었다. 이제 진산은 정말 왕의 자리에 올라도 문제없을 정도였다. 더 이상 귀왕의 명성은 허명이 아닌 것이다.

'하지만 나를 상대로는 아직 멀었지.'

검왕과 오랜 시간 대치하면서 교주도 놀고만 있었던 것이 아니었다. 그는 끊임없이 강함을 추구했고, 그만한 성과를 얻었다. 오늘부로 그는 마왕이 아니라 마황이나 마제라 불려야 했다.

'역시 교주는 나의 상상을 초월하는군.'

진산은 내심 침을 꿀꺽 삼켰다. 칠단검법을 완성하고 이제 왕의 반열에 올랐다고 생각했다. 교주와의 일전에서 조금 밀리는 감이 있어도 전처럼 일방적으로 패하진 않을 것이라 생각했다.

하나 그것은 그의 착각이었다. 교주는 여전히 강했다. 한 수 내지 두 수 정도는 여전히 자신의 위에 있었다.

'천하제일…… 최강!'

진산은 현재 두 개의 목표를 가지고 있었다. 형에 대한 복수와 무인으로서 천하제일의 무를 완성시키는 것이 바로 그것이었다.

그는 중원에서 많은 것을 보았다. 해남도라는 좁은 세상에서 벗어나자 자신의 무공 세계가 얼마나 좁았는지를 느낄 수 있었다. 그는 그저 깊기만 할 뿐 한계가 분명한 우물과 같은 존재였다.

한데 그의 무공은 이제 바다가 되었다. 대해라 말할 수는 없지만 우물을 넘어 호수를 넘어 바다가 되었다. 그의 무공은 좀 더 넓어지고 깊어졌다.

‘나는 강하다!’

스릉!

진산은 스스로 암시를 걸며 검을 뽑았다.

“일곱 수를 양보해 주시지 않겠습니까?”

진산이 교주에게 말했다. 칠단검법을 의식하고 한 말이었다. 연속으로 여섯 개의 검을 토해내고 마지막으로 일곱 번째 묵검을 꺼내 노릴 셈이었다.

교주가 천천히 입을 열었다.

“불가.”

그렇게 말하는 그의 입은 웃고 있었다.

“그래도 마왕이신데 못해도 세 수 정도는 봐주시죠?”

진산 역시 웃으며 물었다.

“그것도 불가. 귀왕에게 수를 물렸다가는 뒤통수 맞기 십상이지.”

그것은 진산을 자신과 동급으로 인정한다는 말과 같았다. 사실 진산은 칠단검법을 완성하면서 구룡인 오대악인과 확실한 실력 차를 벌려두었고, 더불어 그들과도 겨루어 더욱 무공을 확고하게 다듬었다. 장로들과의 맨손 전투도 그에게는 많은 도움이 되었다.

진산은 사마휘진의 의도대로 확실하게 차근차근 성장해 나갔다. 그것이 사마휘진의 의도를 뛰어넘을 정도라는 것이 다를 뿐이었다.

“어쩔 수 없군요.”

진산이 한숨을 푹 내쉬면서 검을 들어 올렸다.

교주도 허리춤에서 검을 뽑아 들었다. 먹에 물든 듯 검은 검신의 마검이었다.

두 사람의 신형이 마주 본 채 멈춰 서 있다. 버드나무 가지처럼 진산의 검이 바람에 흔들렸지만, 교주의 검은 오랜 세월 뿌리박은 거목처럼 똑바로 서 있었다.

‘이거 힘들군.’

진산은 전투 태세로 돌입한 교주를 마주하자 숨이 가빠오는 것을 느꼈다.

교주에게는 빈틈이 없었다. 숭숭 뚫린 듯 찔러볼 곳이 많은 듯하면서도 검을 조금만 흔들면 사라지니 쉬이 공격을 감행할 생각이 들지 않았다.

‘빌어먹을.’

진산은 속으로 욕지거리를 내뱉었다. 역시 교주는 십이장로나 오대악인, 대락조와는 달랐다. 그들 모두 나름대로 상대하기 힘들었지만, 교주에 비한다면 어린아이나 다름없었다.

하나 그러한 마음을 가진 것은 진산뿐만이 아니었다. 교주 역시 진산을 바라보며 혼란스러운 마음을 가라앉힐 수 없었다.

‘수행이 부족하군.’

교주는 스스로를 책했다. 그는 진산이 먼저 공격해 오기를 유인하고 있었다. 자신의 검의 위력은 너무 강했다. 전 삼초, 후 삼초로 이루어진 천마검법(天魔劍法)은 철저하게 상대를 죽이는 것에만 초점이 맞춰져 초식을 전개하면 필히 상대가 죽고 만다.

진산을 죽이고 싶지 않았다. 이는 교주의 진심이었다. 그만한 인재를 자신의 손으로 죽이는 것은 커다란 낭비가 아닐 수 없었다.

하지만 그와 겨루어보고 싶은 것도 진심이었다. 다만 자신의 무공에 그가 살아남을 수 있을지에 대한 걱정이 들었다. 수준 차이가 크면 모를까, 지금의 경우는 그렇게 큰 차이가 나지 않았다. 하나 그의 마음 깊숙한 곳에서 슬며시 고개를 치켜드는 무인으로서의 호승심, 정체해 버린 자신의 무공에 대한 고민이 진산을 마주하면서 더욱 강렬하게 요동했던 것이다.

'후— 결국 나도 무(武)에 지배되는 무인(武人)이르군.'

그것을 모두 버린다면 그는 또 다른 세계의 문을 열고 신선이, 마선이 되었을 것이다. 그것이 바로 탈마를 거쳐 마선으로 가는 길, 우화등선(羽化登仙)이었다.

'세상이 두려워하는 마왕이 우화등선한다는 것도 웃기는 일이지.'

아직은 이 세상에서 할 일이 많았다. 그리고 그 일에는 진산의 존재가 꼭 필요했다.

‘내가, 마교가 무림을 지배하기 위해선 말이야.’

스윽!

교주가 먼저 움직였다. 그의 발걸음은 느렸지만 진산은 교주의 한 걸음 한 걸음에 숨이 멎는 것만 같은 압력을 느껴야 했다.

타닷!

진산의 신형이 앞으로 무너질 듯하다가 달려나갔다. 신법이 아닌 보법이 진산의 발에서 펼쳐지며, 그의 검이 부챗살처럼 무수히 늘어나며 교주를 향해 뻗어나갔다. 목의 검이 펼쳐진 것이다.

그것은 환검의 극에 이른 공격이었다.

“오오!”

모두가 놀라는 와중에 교주도 검을 움직였다.

“환(幻)은 실(實)을 누를 수 없다.”

교주의 검에서 천마검법이 시전되었다. 전 삼초식 중 격검세(擊劍勢)였다.

카강! 카가강!

쭉 뻗은 교주의 검이 진산의 검과 부딪치며 불꽃을 튕겨냈다. 진산은 재빨리 화의 검을 펼쳐 터져 나가는 폭탄처럼 교주를 눌렀다.

‘힘에는 부드러움.’

교주는 천마검법 전 삼초 중 유현세(柔現勢)를 펼쳤다.

탁!

검이 기묘하게 휘며 진산의 검면을 가볍게 때렸다. 둔탁한 소리와 함께 진산의 검이 땅으로 떨어졌다.

쾅!

흙먼지가 자욱하게 피어오르며 두 사람의 모습이 사라졌다. 일단 교주가 시야에 보이지 않게 되자 진산은 즉시 뒤로 물러섰다.

교주는 진산이 검을 물리고 돌아서는 순간 후 삼초식 중에서도 속도가 빠른 섬광세(閃光勢)를 펼쳤다.

콰아악!

교주의 검이 흙먼지를 단숨에 꿰뚫으며 진산을 노려왔다. 진산은 갑작스런 교주의 검에 깜짝 놀라 몸을 비틀며 수의 검을 펼쳤다. 물처럼 흐르는 그의 검은 교주의 섬광세를 마주하자 고무처럼 휘며 충격을 받아냈다.

'강해!'

'강하다!'

두 사람의 머릿속에 동시에 떠오른 말이었다. 진산은 교주의 섬광세의 위력에 놀랐고, 교주는 후 삼초식 중 하나를 버텨내는 진산에게 놀랐다.

두 사람은 조금 거리를 벌린 채 먼지가 가라앉기를 기다렸다. 시야가 가려진 지금 상황에서 섣불리 공격했다가는 당하는 수가 있었기 때문이다.

두 사람의 침묵에 응하는지 흙먼지는 점차 가라앉았다.

진산과 교주의 신형이 드러났고, 아래로 축 처진 두 개의 검이 대지를 향한 채 모습을 드러냈다.

그 가운데 두 쌍의 눈동자가 서로를 향하고 있었다.

십이장로들은 아직 진산에게 당한 내외상이 낫지 않은 상태였다. 때문에 붕대를 한 이도 있었고 부목을 한 이도 있었다. 내상을 입은 일장로 외 몇 명은 창백한 안색으로 진산과 교주의 싸움을 지켜보고 있었다.

"두 사람의 실력이 큰 차이가 없습니다."

이장로가 한마디 내뱉었다. 일장로가 그의 말에 동의하듯 고개를 끄덕였다.

'우리는 진산의 실력도 모른 채 덤벼들었구나.'

마지막 장로들의 수장으로서 무모하게 검을 뽑았던 자신을 떠올렸다. 그들의 비무를 보며 자신의 어리석음이 너무도 명확하게 느껴졌다. 자존심과 지위 때문이었으나 진산이 조금 더 독한 마음을 먹었더라면 자신은 내상을 입은 것뿐 아니라 필히 생을 마감했을 것이다.

진산의 무공은 교주와 비견될 정도로 막강했으니 교주가 두려워 그의 밑에서 숨죽이고 있던 자신들의 상대가 될 수 없는 건 당연한 일이었다.

"두 사람의 실력이 실력이니만큼 승부는 짧은 순간에 결정

되겠지.”

작은 차이가 그들의 싸움을 결정지을 것이다. 그것이 십이
장로들의 눈으로 보았을 때의 두 사람의 승부였다.

사마휘진은 미소를 짓고 있었다. 그는 진산이 질 거라는 생
각이 들지 않았다. 자신이 시킨 일은 무리가 많았다. 철노를
비롯한 원로들의 수련도, 오대악인을 모으는 임무도, 십이장
로들과의 싸움도 모두 쉬운 것이 없었다. 하나 진산은 자신의
예상을 뛰어넘어 수월하게 일을 해내왔다.

원로들의 수련은 자신의 검법을 창조해 내며 마쳤으며, 오
대악인의 포획은 완벽하게 임무를 완수했다. 또 십이장로들
과의 전투도 자신의 병기를 쓰지 않고 단순한 박투로 그들 모
두 죽이지 않고 완료했다.

‘그의 무공은 진일보했다. 그리고 여기서 더욱 강해질 것
이다.’

“역시 세가의 후손이라는 건가?”

사마세가의 혈족은 약하지 않다. 이는 자신과 진천 말고도
선대들의 강한 힘으로써 증명되었던 것이다. 현재 마교의 기
반이자 무림 제일의 세력을 만든 시조인 흑룡의 경우도 그랬
다.

그것이 사마휘진의 시각이었다.

"형님, 역시 아직 무리였나 봅니다."

묵룡쌍괴가 진산과 교주를 바라보며 말했다.

"그래."

혈두선인도 진산을 바라보며 대답했다. 진산의 왼쪽 어깻죽지가 베어 피가 흐르고 있었다. 이를 십이장로나 사마휘진은 뿌연 흙먼지와 진산의 꺾이지 않은 기세로 인해 보지 못했다.

하나 오대악인의 눈에는 보였다.

혈두선인은 진산과 교주의 전투에서 진산이 패할 것이라 생각한다. 이는 다른 오대악인도 다르지 않았다. 진산이 자신들과는 비교할 수 없이 강해졌지만, 수십 년 동안 마왕으로서 군림한 교주의 상대는 될 수 없다는 것을 깨달았다.

'마왕은 역시 마왕이라는 건가?'

혈두선인은 크게 한숨을 토해냈다. 그는 진산이 패하기를 원하지 않았다.

그러나 진산은 패색이 짙었다. 교주의 천마검법 중 후 삼초식인 섬광세는 진산의 수의 검을 밀어내 그의 왼쪽 어깨를 스쳤다. 다만 스쳤을 뿐임에도 진산의 왼쪽 어깨는 그대로 쓸 수 없게 되었다. 그가 검을 든 손을 당하지는 않았지만, 그것은 이번 승부에서 크게 작용할 것이 틀림없었다.

그전에도 먼저 움직인 자는 교주였지만, 공격을 가한 것은 진산이었다. 교주의 기세에 눌려 진산이 먼저 검을 움직인 것이다.

고수들의 싸움은 기세 싸움이다. 누가 먼저 눌리느냐의 전쟁이었다.

진산은 거기서 한 번 패했다. 아니, 섬광세와 수의 검의 겨룸까지 친다면 두 번의 패배였다.

'상대가 너무 강했어.'

현재 무림에 천하제일인은 없다. 마왕과 검왕이 워낙 강하여 그 누구도 그 힘에 도전할 수 없었기 때문이다.

귀왕이라 불리는 진산이라 해도 오랫동안 왕의 자리를 지킨 교주의 상대로서는 부족했다.

일단 그의 나이가 너무 어렸다.

진산의 나이는 겨우 삼십대 중후반. 이미 쉰을 훌쩍 넘긴 교주의 경험과 수련에 비할 바가 아니었다.

'내공이 많은 것만으로는 승부의 우위를 점할 정도로 교주는 약하지 않다.'

진산의 내공이 두 배가량 많지만, 그것은 하수나 중수의 경우에서나 통용되는 사항이었다. 절정을 뛰어넘은 초절정들의 싸움에서는 크게 작용되지 않았다.

혈두선인의 눈에는 진산의 패배가 선하게 들어왔다. 이는 다른 형제들 역시 다르지 않았다.

친우의 동생이 당할 것 같자 사자금웅의 안색이 어두워졌다. 그것이 세간에서 구룡이라 부르는 오대악인의 시각이었다.

오대악인의 생각처럼 진산은 교주에게 현저하게 밀리고 있었다.

'방금 전의 무공이 뭐지? 정말 무섭군.'

섬광세의 공격은 그가 막아낼 수 없을 정도로 강했다. 수의 검이 튕겨내지 않았더라면 심장을 관통해 버렸을지도 몰랐다.

진산은 망가진 왼팔을 바라보았다. 피가 주르륵 흘러내리고 있었다. 진산은 검극으로 왼팔을 지혈했다.

'시간을 끌면 내가 불리하다.'

팟!

진산의 신형이 교주를 향해 뛰쳐나갔다. 섬전처럼 날아간 그가 교주의 앞에서 검을 휘둘렀다. 거대한 강기가 그의 검에 맺혔다. 금의 검이었다.

교주는 이번에도 섬광세를 시전했다. 그것은 연상세(連常勢)와 함께 시전되었다. 섬광세가 연속적으로 진산의 검을 때렸다.

따당! 따다당!

섬광세의 위력은 거대한 대포를 근거리에서 때린 듯한 힘이었다. 연상세와 같이 펼쳐 그 위력이 반감되었다고 하나 그 정도 위력이라도 진산에게는 충분히 위협이 되었다.

'강해! 너무 강하다!'

진산은 금의 검으로 교주의 검을 쳐내며 연신 감탄했다. 그의 강함은 자신을 뛰어넘고 있었다. 섬광세와 연상세를 막고 있음에도 상처가 하나둘 늘어나고 있었다. 아직 왼쪽 어깨처럼 심각한 상처를 입지는 않았지만, 온몸이 피투성이가 되었다.

교주의 공격에 진산이 자세를 바꾸기 시작했다. 토의 검을 시전했다. 진산의 몸이 푹 꺼졌다.

'아래군.'

교주는 검을 바닥으로 향해 공격했다. 그곳에는 진산이 몸을 낮춰 마치 개구리 같은 모습을 하고 있었다.

'무슨 짓이지?'

생각을 하면서도 교주의 검은 멈추지 않았다. 진산은 몸을 흔들며 섬광세를 피했다.

진산의 검이 밑에서부터 위로 치솟았다. 땅이 그의 검을 따라 쭈욱 하늘을 향해 커져 갔다.

쿠르르르르!

'뭐야?!'

교주는 깜짝 놀라 뒤로 물러섰다. 하나 토의 검이 한발 빨랐는지 교주의 다리를 베어냈다.

"크윽!"

교주의 오른쪽 다리가 피로 물들었다. 천마신법의 호신강기인 천마기(天魔氣)를 만들었지만, 진산의 검에 여지없이 깨져 버렸다. 진산 정도 되는 고수가 사력을 다해 공격하는데 제아무리 마왕의 천마기라 해도 깨질 수밖에 없었다.

진산은 그 틈을 놓치지 않고, 여섯 번째 검법을 꺼내 들었다. 그의 내공이 담긴 자의 검이었다.

그의 몸이 물고기처럼 튀어 올랐다. 사기가 듬뿍 담긴 검은 교주의 심장을 노렸다.

'어림없다!'

교주는 천마검법 후 삼초식 중 최후의 초식, 마성세(魔星勢)를 펼쳤다.

우르릉!

교주의 검이 울기 시작했다. 검은 마기가 빠르게 교주의 검을 뒤덮고 어둠이 스멀스멀 토해지기 시작했다. 주위가 어둠에 잠기는 것은 그야말로 순간이었다.

진산의 자의 검이 그 어둠의 공간에서 순식간에 무력화되고 더욱이 내력이 끊임없이 사라지기 시작했다.

스윽!

교주가 검을 하늘로 치켜들었다. 최후의 일도양단을 펼치려는 것이었다.

"하하, 죽지는 말게나."

필사의 검법이다. 스스로 그 위력을 통제할 수 없는 최강의 초식이었다. 하지만 교주는 진산이 살 수 있을 것이라 생각했

다. 진산이라면 마성세와 비슷한 힘을 가진 초식이 있을 거라
고 생각한 것이다.

진산은 검극을 밑으로 떨어뜨렸다. 그리고는 회색의 기를
끌어올렸다. 잿빛 강기가 순식간에 그의 몸을 뒤덮었다.

파바바밧!

진산의 몸에서 퍼져 나온 회색 강기가 교주의 어둠에 저항
하기 시작했다.

"받아보거라. 이것이 천마검법의 최후의, 최강의 초식 마
성세다!"

부우우우우!

교주의 검이 진산을 향해 느릿하게 움직였다. 충분히 피할
수 있는 속도였다. 하나 어둠이 진산을 꽉 잡고 있어 피할 수
없었다.

'이런 것이었나?'

마성세는 거대한 마기를 통해 주위를 완벽하게 제압하고
검을 날리는 것이다. 끊임없이 내공을 빼앗는 어둠의 마기와
검에 담긴 거력은 그 어떠한 고수라 해도 패하지 않을 수 없
었다.

진산은 그의 속도에 맞춰 칠단검법 최후의 초식을 시전했
다.

즈바앗!

잿빛 강기가 기묘한 소리를 내며 진산의 검 위로 스며들었

다. 잿빛 강기가 사라지며 검이 회색빛으로 물들었다. 그것을
시작으로 진산의 손, 팔, 어깨…… 온몸으로 퍼져 나갔다.

'누구의 초식이 더 강한지 부딪쳐 보자고!'

진산의 몸이 부웅 떠올랐다. 교주를 향해 그의 검이 움직여
갔다. 진산의 몸이 거대한 회색의 검으로 변하기 시작했다.
검과 몸의 구분이 사라지는 신검합일의 경지였다.

콰아앙!

두 개의 검이, 두 사람의 무공이 허공에서 부딪쳤다.

"피해!"

묵룡쌍괴는 진산의 무공을 보고 외쳤다. 마왕의 무공은 그
자신과 상대 주변에만 펼쳐지지만, 진산의 것은 달랐다. 주위
의 것을 모두 살라먹는 악마 같은 존재의 힘이었다. 물론 교
주의 마성세와 부딪쳐 많이 상쇄되기는 하겠지만, 그 약해진
여파도 무시할 수 없는 것이 회색의 무공이었다.

오대악인 중 하나가 외치자 십이장로와 사마휘진도 무시
할 수 없었다. 그리고 묵룡쌍괴의 형제들도 그의 말에 따라
움직였다.

처음에는 어둠이 회색의 검이 된 진산을 완전히 감싸고 있
었다. 더불어 교주의 검에서 모아지는 검은 번개의 힘이 진산
의 회색 검을 완전히 부숴낼 것 같았다.

콰아앙!

진산의 검과 교주의 검이 충돌하며 지진이 일어났다. 순간 회색의 섬광이 번쩍였다.

어둠은 여전히 그대로 주위를 감싸고 있었고, 교주도 우뚝 서 있었다. 진산은 거친 호흡을 토하며 부러진 검으로 교주를 노리고 있었다.

"무슨 검이지?"

교주가 오롯이 서서 진산을 내려다보며 물었다.

"아직 이름을 짓지는 못했습니다. 그저 칠단검법의 마지막 검, 일곱 번째 검이라고만 부를 뿐입니다."

"그래? 그럼 내가 그 검법의 이름을 지어줘도 되겠나?"

"영광입니다."

진산은 진심으로 교주의 제안을 반겼다. 무인으로서 마왕이라는 최고의 존재가 자신의 무공에 이름을 지어준다는 것은 정말로 영광이었다. 그리고 직접 싸워 그의 힘을 안 진산은 그것을 기쁘게 여겼다.

교주의 입이 달싹였다. 작게 움직이는 그의 입과는 달리 목소리는 침자봉에 울려 퍼졌다.

"마기마저 베어내는 잿빛 강기라…… 무수히 베어내는 검, 말 그대로 번참(繁斬)이구나."

파바밧!

말을 마친 교주의 몸이 수십 개의 조각으로 잘려 나갔다. 진산의 마지막 검, 번참에 의한 것이었다.

'번참이라…….'

번참은 문주가 진산에게 내려준 별호이기도 했다. 그리고 잠시 이름으로서 쓴 바도 있는 것이기도 했다.

그것이 교주의 입에서 나오자 진산은 묘한 기분이 들었다.

"그래, 번참이구나."

진산은 검을 갈무리했다.

싸움은 끝나 버렸다.

*　　　*　　　*

사마 군사는 먼저 십이장로들의 입을 단속시켰다. 교주의 패배는 많은 사람들이 인정하지 않을 부분이었다. 그 대신 마왕이 폐관수련에 임했다는 소문을 퍼뜨렸다. 그는 마왕이 검왕을 쓰러뜨리기 위함이라는 이유로 폐관수련의 정당성을 만들었다. 그 대신 그는 진산을 대리인으로 내세웠다. 현재 힘이 없는 십이장로들은 사마 군사의 말에 동의하였고, 장로들과 군사가 인정하자 다른 이들도 쉬이 인정하였다. 진산은 이미 오대악인을 모두 제압하여 온 것으로 인해 신임을 얻고 있었다.

십이장로는 상처가 쉬이 낫지 않은 상태였다. 그리고 진산에게 워낙 완벽하게 깨진 상황인지라 그의 권속과 같은 사마 군사의 횡포에 아무런 행동도 보일 수 없었다. 그들은 그저 상처가 치료되는 동안 쥐 죽은 듯 몸을 사릴 뿐이었다.

오대악인은 사마 군사의 눈치를 보았다. 사자금웅을 제거하려던 그였다. 지금 왜 그가 오대악인을 모으라 했는지 알 수 없었다. 복수를 할까도 생각해 보았지만, 사마 군사가 진산의 아버지임을 안 상황에서 함부로 공격을 감행할 수는 없었다. 아직 진산이 그를 원수로 대할지 아버지로 대할지 알 수 없었기 때문이다.

진산은 교주와의 비무에서 크게 내상을 입어 마교 내의 의원에서 치료하고 있었다.

“크윽!”

진산은 신음을 토하며 눈을 떴다. 하얀 천장이 눈에 들어왔다. 그는 잠시 동안 교주와의 결투를 떠올렸다. 천마검법의 무서운 힘에 대해 생각한 것이다.

“그가 나를 죽이려 했더라면 양상은 달라졌을지도 몰라.”

진산은 쓸쓸한 미소를 지으며 몸을 일으켰다. 고급스런 침상은 물론, 비싸 보이는 탁자와 가구들이 방 안을 가득 채우고 있었다. 그의 주위에는 이름을 알 수 없는 붉은 꽃들이 기분 좋은 향기를 흘리고 있었다.

‘그런데 여기는 어디지?’

마교 내에는 의원(醫院)이 몇 개나 있었다. 마공을 수련함에 있어 위험한 일이 많았기 때문이다. 또 수련이 너무 거칠어 상처를 입는 이들이 많았다. 뿐만 아니라 워낙 그 수가 많다 보니 의원 하나로는 버틸 수 없어 그 수가 여러 개였다.

당연히 계급에 따라 갈 수 있는 의원이 갈리는데, 진산이 있는 곳은 장로 급 인사들이 쓸 수 있는 최고급 의원이었다.

진산은 기를 끌어올렸다. 주위의 인기척을 느끼기 위함이었다.

"큭!"

진산이 신음을 흘리며 몸을 굽혔다. 내상이 말이 아니었다. 최악의 상황까지는 않았지만, 일부 혈맥이 완전히 파손되어 있었다. 치료하려면 꽤나 시간이 걸릴 것 같았다.

'아직 할 일이 많은데…….'

복수는 아직 끝나지 않았다. 교주를 죽인 것은 단지 복수를 위한 첫발을 내딛은 것뿐, 현재 그가 이룬 것이라곤 직접적인 가해자인 소화문을 박살 낸 것 외에는 없었다. 주범인 검왕 단우극이나 사마휘진은 건드리지도 못했다.

하지만 지금 당장 움직이기에는 몸의 상태가 너무 안 좋았다. 현재 그의 반년 정도의 요양이 필요했다.

'광혈단(狂血丹)을 먹어볼까?'

광혈단은 일순 내공을 증폭시키는 알약이었다. 진산은 광혈단의 내공을 증폭시키는 효과보다는 사흘 밤낮 동안 고통을 없애고 강제로 혈도를 만들어낸다는 효능에 구미가 당겼다.

진산이 광혈단을 먹는다면 내공의 증진보다는 고통이 사라지고 찢어진 혈도를 짜맞추어 지금 이상의 무공을 쓸 수 있을 것이다.

그러나 광혈단의 약을 먹은 이들의 말로는 죽음뿐인지라 쉬이 선택할 것이 아니었다.

'불가능하겠지.'

목숨에 무게를 두어서가 아니다. 겨우 사흘 동안 사마휘진을 죽이고 검왕까지 상대하는 것에는 무리가 있었다. 사마휘진은 그렇다 해도 검왕 단우극은 만만히 볼 상대가 아니었다.

"그래도 반년이라……."

사마휘진이나 검왕이나 각각의 야망이 있어 도망갈 리는 없었다. 그러나 서로에게 원한을 가진 그 둘이 반대 세력의 최고의 자리에 있으니, 현재 소강상태에 접어든 이 전쟁이 더욱 심화될 것이다.

진산은 천천히 자리에서 일어났다. 내상이 심하기는 했지만 몸을 전혀 움직이지 못할 상태는 아니었다.

"번참이구나!"

문득 교주의 말이 머릿속을 지나갔다. 진산은 일어나다 말고 몸을 다시 침상 위에 앉혀 가부좌를 틀었다. 그때의 상황을 좀 더 명확하게 떠올리기 위함이었다.

교주의 천마검법은 무시무시한 힘을 담고 있었다. 분명 내공 면에선 진산이 두 배가량 많았다. 그럼에도 그의 섬광세는 단숨에 진산의 검을 밀어냈다.

'내공의 운용 방법이 다른가? 아니다. 나는 분명 기를 다루는 면에서 완벽해졌는데 어째서?'

진산은 끊임없이 생각을 이어나갔다. 교주가 어떻게 마기를 사용했는지, 자신의 경우는 어떻게 했는지를 면밀히 떠올렸다.

교주는 천재였다. 그가 마왕이라 칭해지는 것에는 이유가 있었다. 마교의 단점을 알고 새로운 인물들을 받아들이려 했던 것처럼 그는 마공의 단점을 인지하고 자신에게 맞게 개량했다. 이는 마왕 정도 되는 초절정고수만이 가능한 신기(神技)였다.

'나 같은 것은 아직도 멀었다.'

자신이 사용하는 잿빛 기운의 정체도 교주가 말해주기 전까지는 몰랐다.

회색의 기는 그 성질 자체가 참(斬)의 성격을 가지고 있었다. 소멸이라기보다는 눈에 보이지 않을 정도로 잘라내는 것이었다. 그것은 물체든, 사람의 육신이든, 기든 가리지 않았다. 묵룡쌍괴의 말대로 무적이라 할 수도 있었다. 그러나 끊임없이 베어내는 그 성질로 인해 내공의 소모가 일반 무공에 비해 두세 배가량 많았다.

일격필살.

두 번의 공격은 필요없는 강함을 가졌다는 장점도 있지만,

시전자가 두 번은 쓸 수 없다는 단점도 있었다.

'번참이라…….'

마공 또한 그러한 힘을 가지고 있었다. 번참과 다른 점이라면 마공은 베는 것이 아닌 그 힘 자체에 집중된 것이라는 사실이었다.

교주의 천마검법 마지막 초식인 마성세는 마기를 퍼뜨려 주위를 지배하는 것이다. 상대를 움직이지 못하게 만들고 일격을 내미는 것이다. 피할 수도 없고, 막을 수도 없는 그 거대한 일검은 그야말로 필살기(必殺技)라 할 수 있었다. 만약 교주가 진산을 죽일 생각이었더라면 진산은 자신의 기술을 쓰기도 전에 죽었을 것이다.

'그래, 그랬지. 나는 아직도 덜 자랐구나.'

부우웅!

진산의 몸이 떠오르기 시작했다.

치이익!

그의 피부가 검게 타오르기 시작했다. 몸 끝부분부터 천천히 타오르는 그 검은 불꽃은 뱀처럼 기어올라 진산의 몸 전체를 검게 물들였다.

뚜둑! 뚜두둑!

진산의 관절이 뒤틀리며 그의 몸이 점차 다시 자리를 잡기 시작했다. 서생의 유약했던 그의 모습이 점차 건장한 사내의 모습으로 바뀌기 시작했다.

사라락!

그의 머리카락이 하얗게 타 들어갔다.

절정을 넘어 초절정에 들어가면서 두 번째 환골탈태가 시작된 것이다.

진산은 교주와의 일전에서 그때의 기의 움직임, 상황, 또 자신이 교주가 되어 천마검법을 쓰면서 자신과의 싸움을 하는 등 여러 번에 걸쳐 그때의 상황을 머릿속에서 그려냈다.

'나의 무공은 어떤가?'

진산의 몸이 근본적으로 바뀌기 시작했다. 환골탈태는 무공의 성격에 따라 그에 어울리게 바뀌는 것이다.

'더 이상 나에게 다른 무공은 무의미하다. 하나의 검법, 검공, 그것만을 위한 힘이 필요하다.'

우우웅!

그의 몸이 변하기 시작했다.

"무슨 일인지 알 수가 없군."

사마휘진은 빠르게 발걸음을 옮기며 말했다. 그의 뒤에는 최측근인 복면인이 그의 발걸음에 맞춰 따라오고 있었다.

현재 진산이 내상을 입어 정신을 잃은 지 십여 일이 지났다. 그동안 사마휘진은 바쁘게 마교를 장악해 나갔다. 더 이상 교주가 존재하지 않았고, 십이장로들 또한 사마휘진의 일에 간섭하지 않았으니 마교는 그의 세상이라 할 수 있었다.

문제가 있다면 사자금웅인데, 그가 진산에게 모든 것을 이야기할 수 있다는 사실이었다.

'하나, 그가 아는 바가 별로 없지.'

진천에서 사자금웅으로 가는 정보는 모두 사마휘진이 가지고 있었다. 그는 진천이 무슨 일을 시도한다는 사실을 알고는 있을 것이다. 하나 거기까지일 뿐, 사자금웅을 끌어들이고 싶어하지 않은 진천은 되도록 말을 아꼈다. 이는 사마휘진에게 오히려 기회가 되었다.

진천을 돕던 사마휘진이 마교에 있다는 사실을 의심할 수는 있겠지만, 그런 것 정도는 얼마든지 해명할 수 있었다.

"문제는 왜 지금 불렀냐는 건데……."

사자금웅으로 인한 문제라면 교주와의 비무 전에 시간이 있었을 것이다. 그럼에도 교주와의 일전이 끝난 뒤에 불러낸다는 것은 그가 내상으로 정신을 잃은 뒤 그가 획책한 일들로 인한 것이 틀림없었다.

현재 마교 대부분의 힘이 사마휘진의 손아귀에 들어왔다. 일부 그가 손을 델 수 없는 원로 소속의 단체를 제외하고는 이미 사마휘진이 마교를 지배한다고 할 수 있었다.

"사마 군사께서 오셨습니다."

사마휘진을 본 문지기는 그가 오자 안에다 기별을 넣었다. 마교 내에는 일곱 개가 넘는 회의실이 있었는데, 이곳은 그것들 중 소룡청(小龍廳)이라 불리는 곳이었다. 세부적인 사항에 대해서 이야기를 나누는 곳이었다. 때문에 교주보다는 장로들과 군사들이 애용했던 곳이었다.

드르륵!

안에서 신호가 왔는지 문지기가 잽싸게 문을 열었다. 사마휘진은 고개를 숙이며 안으로 들어섰다.

"안녕하셨습니까?"

진산은 이제 교주 대리다. 그가 직접 그렇게 만들었으니 그에 합당한 대우가 필요했다.

"……."

하나 그를 맞이한 것은 무거운 침묵이었다. 소룡청의 용도로 볼 때 이러한 분위기는 쉬이 볼 수 없는 것이었다. 사마휘진은 무언가 이상하다고 생각하여 고개를 들었다.

"음……!"

그의 입에서 나직한 신음 소리가 흘러나왔다. 주위에는 십이장로를 비롯한 오대악인, 그리고 각 대의 대주들은 물론 부대주 또한 있어 그리 좁지 않은 소룡청 내부가 가득 찼다. 모든 실세들이 이곳에 모여 있었던 것이다.

상석에 앉은 진산이 그를 내려다보고 있었다. 전과는 확연하게 달라진 분위기와 모습이 사마휘진의 눈에 들어왔다.

"대성을 축하드립니다."

진산의 몸은 전처럼 유약한 서생의 모습이 아니었다. 건장한 사내의 몸이었다. 본래 내공의 힘에만 의지했던 그의 육체가 외공과도 조화를 이루었기에 몸이 그에 맞춰진 것이다.

사마휘진은 그가 다시 환골탈태를 하면서 초절정의 벽을 넘어섰다는 사실을 알 수 있었다. 진정 교주와 같은 왕의 자리에 올랐다고 할 수 있었다.

'굉장하군, 굉장해……!'

초절정의 벽에 이른 것과 초절정에 이른 것은 천지 차이다. 벽에 이른 자라면 구룡 중 여섯 명이나 있었다. 절정의 끝에 다다른 자들로서 그들의 무공은 매우 뛰어나나 초절정에 이른 두 왕의 상대로는 많이 부족했다.

진산이 교주와 싸울 때는 이미 벽에 올라서 넘어가느냐 아니면 다시 퇴보하느냐의 기로에 서 있었다고 볼 수 있었다. 교주와의 일전이 그의 무공을 더욱 발전시킨 것이다.

'이거 일이 더 수월하게 풀리겠는걸?'

마왕을 이긴 진산이다. 후에 검왕을 상대하거나 다른 세력을 흡수할 때 마왕 이상의 결과를 보여줄 수 있을 것이다.

사마휘진이 그러한 생각을 하는 동안 분위기는 더욱 싸늘해져 갔다. 요즘 한창 일이 잘 풀려 모든 일을 긍정적으로 생각하던 사마휘진도 분위기가 이러하자 눈치 채지 않을 수 없었다.

"무슨 일이십니까?"

사마휘진이 조심스레 물었다.

"정말 교주님께서 돌아가셨습니까?"

암룡대의 대주 강석주가 사마휘진에게 물었다. 그 순간 사마휘진의 얼굴이 일순 굳었다가 다시 펴졌다. 너무 빠른 변화였지만, 강석주에게는 그것만으로도 충분히 답이 되었다.

그의 눈에서 눈물이 뚝뚝 떨어져 내렸다. 암룡대는 교주의 휘하 부대 중 하나다. 후에는 중원을 질타할 정도로 발전 가능성이 큰 전투 부대였다. 교주가 아낀 만큼 암룡대주는 교주를 신임했다. 그것이 무(武)에서든 주군으로서든 말이다.

그런 그의 죽음을 이미 진산과 십이장로를 통해 듣고 사마휘진에게서 확답을 받은 것이다.

"마, 말도 안 돼……."

강석주가 뒤로 물러서며 중얼거렸다.

사마휘진은 그의 태도와 소룡청의 내부 분위기를 보아 모든 것을 진산과 십이장로가 밝혔다는 사실을 알 수 있었다.

'최악이군.'

사마휘진은 씁쓸한 표정을 지으며 고개를 들었다. 교주가 죽었음에도 은폐하고 교의 세력을 통합하려 한 자신의 행동은 분명 반역이라 할 수 있었다. 진산을 등에 업고 마교를 지배하려는 속셈이라는 사실을 이제는 전 마교인이 알게 될 것이다.

마교가 아무리 강자지존의 법칙으로 구성된 곳이라 하지만, 엄연한 법이 있고 규칙이 있는 법이다. 힘만을 중시한다면 이 마교가 이토록 오랜 시간 동안 이어져 왔을 리 없었다.

때문에 사마휘진은 단념한 표정으로 자신을 속박할 무언가를 기다렸다.

"무엇을 위해…… 서였는지 나에게 알려줄 수 있습니까?"

진산은 사뭇 차분하게 입을 열었다. 형의 복수에 관해서라면 미친 듯이 날뛰던 과거의 모습과는 많이 달라져 있었다. 깨달음을 얻어 초절정으로 올라가며 그의 성격이 더욱 침착해지고 철저해진 것이다.

사마휘진은 그것을 알아차리지 못했다.

"이유를 듣고 싶다고 했습니까?"

"네. 나의 형에게 한 일들, 그리고 동의맹주였던 당신께서 어째서 마교 위에 서려는 것인지까지, 전부 말입니다."

사마휘진은 진산이 이미 모든 것을 알고 있다는 사실을 알게 되었다. 그것이 사자금웅을 통해서인지 아니면 이미 알고 있었던 건지는 모르나, 확실한 것은 자신의 계획이 완전히 틀어졌다는 것이다.

진산의 시선이 날카롭게 사마휘진의 가슴을 후벼 팠다. 그의 눈은 아버지를 보는 것이 아닌 마치 원수를 보는 듯했다.

'내가 아비인 것을 알면서도 그런 눈을 하는 것이냐?'

진산의 눈동자에 사마휘진은 가슴을 저미는 무언가를 느꼈다. 아마 그것은 야망에 미쳐 잊혀진 부정이었을지도 몰랐다.

사마휘진의 눈동자의 기괴하게 돌아가기 시작했다.

“크크크크큭! 이유? 이유란 말이지? 그래그래, 네가 알고 싶어할 만하지. 크르륵! 하지만 네가 모든 것을 다 알면서 잘도 그런 말을 지껄이는구나.”

그의 입이 멋대로 움직였다. 주화입마로 이미 반쯤 미친 사마휘진이었다. 그런 그가 철저하게 세운 계획이 무너지자 더 이상 정신을 유지할 힘이 없어져 완전히 미친 것이다.

진산은 그것을 보며 한숨을 푹 내쉬었다. 그래도 자신의 아버지며, 동의맹 역대 가장 대협이라 인정받은 맹주였다. 그런 그의 마지막 모습이 왠지 안쓰러웠다.

“사정은 모두 알았나?”

“예!”

진산의 말에 사마휘진을 제외한 장내의 모든 이들이 대답했다. 진산은 사마휘진에게 속고 있는 마교에게 진실을 말해주기 위해서 이러한 일을 만든 것이다. 너무 쉽게 미쳐 버린 사마휘진이 의외였지만 계획은 성공적이었다.

장내의 상황과 달리 사마휘진의 주화입마는 더욱 심해져 갔다. 흡성대법은 뇌까지 사기가 깃들어 미치게 만드는 심법이다. 이는 진산이 내공을 다루지 못해 악귀라 불리게 된 것과 크게 다르지 않았다. 그러나 진산의 경우는 주화입마를 어느 정도 통제할 수 있었지만, 사마휘진의 경우는 사태가 좀 더 심각했다.

‘아니, 아직 실패한 것이 아니다. 어차피 마교는 강자존의

세계. 저 악귀 같은 자식을 죽이고 힘으로 이들을 굴복시키면 된다! 나에게는 흡성대법이 있다!'

무적의 흡성대법!

상대가 그 어떤 공격을 하더라도 오히려 자신의 내공으로 흡수해 상대에게 더욱 강한 공격으로 돌려줄 수 있다. 그리고 싸우는 내내 내공을 빨아들여 상대는 끝내 목내이처럼 말라 죽고 만다.

"죽어라! 진산!!"

쾅!

사마휘진이 땅을 박찼다. 그동안 끌어 모은 내공이 상당했는지 그가 있던 곳에는 깊은 족적이 남았다.

"어리석은……."

사마휘진이 흡성대법을 시전하자 주위의 내공이 그를 향해 빨려 들어갔다. 진산이 가진 내공도 예외는 아니었다. 그러나 절정과 초절정의 수준은 다르다. 대성하지 못한, 아니, 대성할 수 없는 무공인 흡성대법 정도로는 진산을 상대할 수 없었다.

진산이 검을 뽑았다. 그것은 무음. 소리조차 들리지 않는 그의 검이 질풍처럼 몰아쳤다. 잿빛 검기가 자연스레 그의 검에서 용솟음쳤다.

"불꽃처럼 타오르리……."

화의 검이 사마휘진을 향해 날아들었다. 잿빛 기를 머금은 검은 사마휘진의 흡성대법은 물론 그의 몸에 담긴 내공까지 완전히 부숴 버렸다.

퍼엉!

흡성대법이 깨지며 사마휘진의 몸이 볼썽사납게 땅으로 굴렀다.

"끄어억!"

사마휘진은 기묘한 소리를 토한 채 눈을 뒤집고 기절했다.

진산이 손에 사정을 두었으니 죽지는 않을 것이다. 하나 그동안 모은 내공이 모두 사라지고, 주화입마로 정신 또한 정상이 아니니 편하게 살기는 글렀다고 볼 수 있었다.

진산은 고개를 돌려 오대악인을 바라보았다. 그들은 진산의 시선이 자신들에게로 향하자 움찔하며 뒤로 한 걸음 물러섰다. 더욱 강해진 진산의 모습에 본능적으로 두려움을 느낀 것이다.

"그를 어디든지 버려두어라."

진산의 명령에 오대악인들이 잽싸게 움직였다. 그들은 사마휘진의 양팔과 다리를 붙잡고 소룡청을 나섰다.

그들이 나가자 진산은 십이장로와 마교 전투 부대의 각 대주들을 보며 입을 열었다.

"방금 전에도 말했다시피 나는 교주가 될 생각이 없다. 그리고 더 이상 마교에 남고 싶지도 않다. 나의 목적은 어차피 교주와 싸워 이기는 것뿐이니 더 이상의 용건은 없다."

진산은 딱딱한 말투로 그들에게 말했다. 그의 말에는 내공이 실려 있어 한마디 한마디 내뱉을 때마다 내공이 약한 이들의 인상이 찌푸려지게 했다.

십이장로들은 무주공산이 된 교주의 자리를 누가 맡아야 하는지에 대한 문제로 머릿속이 엉망이 되었다.

"마지막으로 마교는 더 이상 천하제일의 무인을 가지고 있지 않다. 이상이다."

교주가 죽은 이상 마교는 순식간에 약해질 것이다. 진산은 그 사실을 그들에게 인지시켜 주기 위해 목에 힘을 주어 말했다. 자신이 교주를 죽임으로써 마교가 피해를 입는 것은 원치 않았다. 이대로 나 몰라라 하기에는 그간 친하게 지냈던 원로들도 있었고, 교주가 자신의 무공을 진일보시켜 주기 위해 한 노력 또한 잊혀지지 않기 때문이었다.

진산은 천천히 발걸음을 옮겨 소룡청을 나섰다. 그리곤 그의 뒷모습이 서서히 마교에서 사라져 갔다.

마왕 동방제.
그의 죽음으로 인해 마교는 물론 무림 전체가 술렁이기 시작했다.

第二十八章

육십 일

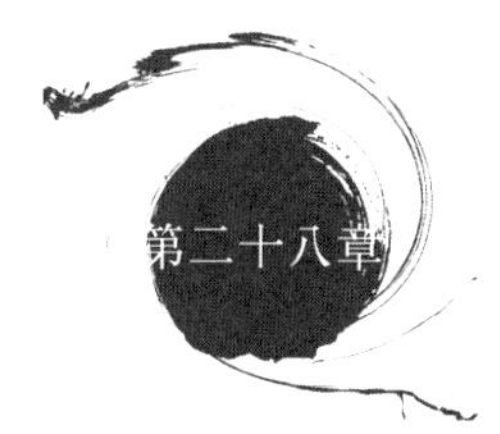

검왕이여, 마왕은 쓰러졌다.

나는 중원에서 태어나 해남도에서 자란 귀신이다.

무수히 많은 죽음을 통해 나는 검을 갈고닦았으며, 이 검은 신상의 왕을 쓰러뜨렸다.

서쪽의 왕을 쓰러뜨린 이 검이 이제는 동쪽의 왕을 향했다는 사실을 그대에게 알리고 싶다.

나는 귀왕이라 불리길 원하지 않으며 한 자루의 검, 이미 미쳐 버린 귀신으로서 그대와 거루기를 간절히 소망한다.

그대의 검과 나의 검이 부딪치며 외로이 남아버린 단 한 명의 왕인 그대에게 한 수 가르침을 청한다.

그대, 나의 검을 받을 용기가 있는가?

그대, 나의 검을 받아낼 자격이 있는가?

육십 일 후,

내가 동의맹에 도착하면 그 답을 알려주리라 믿는다.

마왕이 귀왕에게, 해남도의 악귀에게 패하고 죽었다는 소식이 중원을 강타했다. 마교는 혼란에 빠졌고, 중원 또한 새로운 강자의 출현에 혼란에 빠져들었다.

그 와중에 동의맹에 날아든 한 장의 서찰이 더욱더 무림인들의 흥미를 끌었으니, 현재 무림이 어떻게 흘러갈지는 아무도 예상할 수 없었다.

동무림과 서무림의 소모전은 사라지고 전 강호인들이 이 대결을 기다렸다.

과연 검왕은 마왕을 이긴 이 새외의 귀신을 쓰러뜨릴 수 있을 것인가? 아니면 검왕 또한 귀신의 검에 쓰러질 것인가?

육십 일이라는 짧으면서도 긴 시간 동안 무림은 처음으로 그 거대한 몸뚱이를 움직이지 않고 숨죽인 채 기다렸다.

검왕은 속죄자들이 모두 모인 것을 확인하고 장내로 들어갔다. 동의맹 내 이 비밀 회의실은 창 하나 없이 초 하나로 어둠을 밀어내야만 했다. 희미하게 비춰지는 그들의 얼굴들은 모두 복면이나 죽립 등으로 가려져 있어 보이지 않았다. 뿐만 아니라 사물조차 구분하기 힘들 정도로 어두워 회의가 제대로 진행될 수 있을지조차 의문이 들었다.

다행히 장내의 사람들은 모두 절정에 이른 고수인지라 어둠은 더 이상 그들의 눈을 가릴 수 없었다.

"결국 이렇게 되는군."

매화가 새겨진 복면인이 중얼거렸다. 작은 목소리였지만, 이들 모두가 고수인 만큼 똑똑히 들렸다.

"피할 수 없는 싸움이다. 마왕이 피했다면 모를까, 그가 싸우고 패한 이상 물러설 수 없는 일이지."

남루한 옷을 입은 복면인이 대답하듯 중얼거렸다. 승패의 문제보다는 검왕이라는 이름이 가진 무게 때문이었다. 그의 이름이 하늘을 찌를 듯 높은 이상, 그 명예의 값을 해야만 했다.

어차피 강호는 무수히 많은 사람들의 입속에서 사는 이상 명예를 잃는 것은 실제로 죽는 것이나 마찬가지였다.

"그의 무공이 어느 정도 수준인지 알 수 있겠소?"

깔끔한 도복을 입은 복면인이 검왕을 향해 물었다. 검왕이 진산과 단 한 번도 만나보지 못했음을 알고서도 그는 묻고 있었다. 사실 이들 중 그 누구도 진산과 직접 대면한 적은 없었다. 그가 중원에 온 뒤로 워낙 바쁘게 돌아다녔기에 그들로서는 만날 기회가 없었던 것이다.

검왕은 턱을 괴고는 진산을 생각했다. 그와 싸웠던 마왕과는 과거 한 번 만나본 적이 있었기에 그를 상상하는 것은 크게 어렵지 않았다.

하나 검왕은 고개를 저었다.

"아니, 모르겠소."

검왕이 마왕을 만났을 때는 그가 맹주가 아니었을 무렵이었다. 이미 이십 년 가까이 지난 과거의 일이니 그로서는 쉬이 추측할 수 없었다.

그 시절의 마왕은 검왕보다 조금 약했으나 지금으로서는 그가 얼마나 강해졌는지 알 수 없었다. 어차피 초절정에 이른 뒤로는 무공의 차이는 크게 나지 않으니 아마 동수를 이룬다고 보아야 할 것이다.

그렇다면 진산이 검왕인 자신보다 강할 것인가? 이 또한 알 수 없는 것이 그때의 상황에 따라 다르기에 사실 진산이 운이 좋아 이겼다고 볼 수도 있었다.

초절정에 이르면 반선이라 할 수 있다. 더 이상의 경지가 우화등선밖에 남지 않은 상황에서 그들의 차이는 무공의 실력 자체보다는 선인으로 가는 깨달음의 차이일 뿐이다.

"다만, 현재 나와 마왕이 겨룬다면 동수를 이룰 것이라 짐작될 뿐이오."

마왕은 천재임과 동시에 대단한 노력가였다. 아니면 쇠락한 마교를 지금처럼 이끌어낼 수 없었을 것이다. 이는 무공 또한 다르지 않아, 이십여 년 전과 달리 대단한 발전을 이루었을 것이라 생각되었다.

검왕 또한 노력을 게을리 하지 않았으니 마왕과 크게 차이는 없을 것이다.

"암살자를 보내는 것은 어떠한가?"

하얀 무복을 입은 복면인이 물었다. 그는 다른 이들과는 다른 억양을 가진 것으로 보아 조금 멀리 떨어져 있는 곳에 있는 문파의 사람으로 보였다.

검왕은 그의 말에 고개를 저었다.

"초절정에 이르면 암살자 따위는 의미가 없소. 같은 수준이 아니라면 모를까."

하수의 암습 따위는 두 번의 공격 없이 제거할 수 있었다. 그리고 진산이라는 자는 그가 자란 해남도라는 곳의 상황으로 보아 수많은 암습과 실전으로서 단련된 이였다. 오랜 세월의 참오로 강해진 검왕과는 그 궤를 달리했다. 그만큼 진산은 암살자들과의 싸움에 익숙할 것이다.

"그렇다고 무턱대고 이 도전을 받아들일 수도 없는 것이 아닌가?"

유일하게 여인인 복면인이 말했다. 다른 이들도 그녀의 말에 고개를 끄덕였다.

검왕은 그녀의 말에 고민하듯 깊은 한숨을 토해냈다. 전투가 시작되면 누가 이길지 모른다. 만약 검왕이 패하기라도 한다면 무림엔 단 한 명의 독재자만이 남고 만다. 마왕과 검왕이라는 균형있는 인물들이 있기에 속죄자들의 계획대로 무림은 좀 더 고급화되어 갈 수 있었다.

검왕이 이긴다면 독재자가 생기는 것은 마찬가지이지만, 그가 속죄자의 대표인 이상 어떻게든 일을 수습할 수 있었다. 주화입마나 내상으로 인한 죽음을 가장할 수도 있는 것이다.

그들의 고민이 깊어짐과 동시에 초가 점차 짧아져만 갔다.

'싸운다면 필승을 장담하지 못한다. 하나, 싸우지 않을 수도 없는 상황이다……'

검왕은 자신의 검을 믿었다. 그가 괜히 검왕이 아닌 것이다. 팔이 떨어져 나갈 것 같을 정도로 검을 휘둘렀다. 지문이 닳도록 검을 잡았다. 검에 관한 한 자신을 이길 자가 없다. 그 누구라도 말이다.

하나 무공에서 그가 진산을 이길 수 있을지는 미지수였다. 마왕이 졌다면 그의 무위가 제법 된다는 말이었다. 그리고 거친 해남도에서 성장한 무인이라면 아무래도 생사투에서는 자신보다 유리한 면이 많을 것이다.

그는 되도록 진산과 싸우고 싶지 않았다. 이미 그는 검왕에 동의맹주라는 지고한 권위를 얻었다. 싸워서 지면 모든 것을 잃고 추락한다. 명예도, 권력도, 재력도, 생명도.

'그래도 이들을 앞에서 못한다고 할 수는 없다.'

속죄자들의 대표로서, 동의맹의 대표로서 물러설 수 없었다. 피한다면 생명은 건질지 모르나 어차피 모든 것을 잃는 것은 동일했다.

검왕과 속죄자들은 타 들어가는 촛불을 바라보았다. 바람에 휘청거리는 그것은, 마치 그들의 흔들리는 운명과도 같았다.

*　　　*　　　*

진산은 마교에서 나오자마자 전서구를 통해 동의맹으로 서찰을 보냈다. 소문은 전서구보다 빨리 중원 전체로 퍼져 나갔고, 그의 서찰이 도착함과 동시에 빠르게 동의맹에 들어섰을 것이다.

그는 전서구를 날린 뒤 말을 하나 구해 동의맹으로 향했다. 그는 말을 몰면서 교주와의 일전으로 인한 깨달음을 정리해 나갔다. 깨달음을 어느 정도 정리한 뒤에는 최대한 빨리 달리는 것에만 신경을 썼다. 신강에서 하남까지의 거리는 결코 짧은 거리가 아니다. 육십 일은 긴 시간처럼 느껴지지만, 중원을 가로지르는 것을 생각한다면 매우 촉박한 것임이 틀림없었다.

시간에 맞춰 동의맹에 도착해야만 했다. 무인으로서의 예의라기보다는 그날 제때 도착하지 않으면 그가 도망갈 것 같아서였다.

진산이 보름 정도 달려갈 무렵이었다. 그의 앞을 한 사내가 가로막았다. 외팔의 노인으로 몸에서 뿜어지는 기운이 예사롭지 않았다.

그가 길을 막자 진산은 어쩔 수 없이 달리던 말을 멈춰야만 했다.

"뉘시기에 내 길을 막소?"

"적요남정이라고 하면 네가 알까?"

천소지를 해남도로 몰고 간 이였다. 천소지를 가지고 놀다가 결국 그에게 한쪽 팔이 잘린 자였다. 그동안 은거하며 천소지를 다시 잡아 죽일 생각만을 했는데, 세상에 잠시 나와보니 이상한 놈이 설치고 있었다. 오대악인을 눌렀네, 마왕을 죽였네 하는 터무니없는 소문이 만연했다.

적요남정은 짧은 시간이었지만 폐관수련을 통해 얻은 것이 많았다. 장법을 주로 썼던 그의 무공은 한 팔밖에 안 남았지만, 과거보다 더욱 강매한 힘을 쏟아낼 수 있게 되었다. 이제 자신이 나왔으니 구룡이 아니라 십룡이라 불리게 될 것이라 자부했다.

그런데 웃기지도 않게 해남도에서 흘러온 애송이 하나가 중원의 물을 흐리고 있었다.

"모르오. 바쁘니 다음에 만나게 되면 이야기하시오. 이랴!"

진산은 고개를 저으며 다시 말고삐를 잡아당겼다. 말이 진산의 채찍질에 땅을 박차며 뛰어나갔다.

"어린것이!"

적요남정이 자신이 무시당했다고 생각되자 재빠르게 신법을 펼쳤다. 천소지를 놓치면서 많이 부족했다고 생각하던 신법을 보완했다. 말이 사람보다는 빠르지만 신법을 쓰는 무림 고수보다 빠르지는 않다.

진산은 쫓아오는 적요남정을 보며 인상을 찌푸렸다. 그가 제법 고수인 것은 안다. 하나 자신이 상대하기에는 부족함이 많았다. 과거 마왕과 오대마인의 차이와 비슷했는데, 그의 경우는 그보다 차이가 더 났다. 차라리 오대악인은 수가 다섯이라도 되었지만, 그는 혼자였다.

'귀찮군. 대충 손을 봐줄까?'

시간이 부족했다. 하지만 이 적요남정이라는 사내가 계속 자신의 길을 막는다면 부득이하게 손을 써야 할 것이다.

"후배라면 후배답게 굴어야 하는 것이 아닌가!"

적요남정의 나이가 제법 많다. 이미 은거를 했어도 예전에 했을 나이였다. 하지만 이미 마왕을 꺾으며 왕의 반열에 오른 진산에게 선후의 서열을 따지는 것은 의미가 없었다.

적요남정의 끈질김에 진산은 어쩔 수 없이 상대를 해야겠다고 마음먹었다.

광!

진산의 허리춤에서 검이 제멋대로 솟구쳤다. 그의 검은 허공에서 회전하다가 적요남정을 향해 빠르게 날아들었다.

"으헛!"

적요남정이 깜짝 놀라 뒤로 물러섰다. 진산의 검이 그의 의지를 따라 움직였다. 이기어검(以氣御劍)이었다.

진산의 검에 적요남정이 반응했다. 그가 손을 쭉 뻗었다. 거대한 경력이 그의 손을 따라 진산의 검을 밀었다.

쿠우우우!

이기어검은 손으로 조종하는 수어검(手馭劍)과 눈으로 조종하는 목어검(目馭劍), 그리고 마지막 경지인 마음으로 조종하는 심어검(心馭劍)이 있는데 진산의 경우는 이미 심어검을 넘어섰다.

심어검에 이르면 눈으로 보지 않고도 검을 움직일 수 있으며 검에는 또 다른 눈이 생기는 것과 같이 직접 보지 않아도 상대의 움직임을 알 수 있었다.

진산은 말을 모는 것과 동시에 이기어검으로 적요남정을 상대했다.

"말도 안 돼! 어떻게 이기어검을 쓰면서 말을 몬단 말이야?"

그것도 전력질주를 하면서 말이다. 그의 신형이 끊임없이 멀어지는데 그의 검은 조금도 흔들림이 없었다.

그 사실로 적요남정은 진산의 수준이 자신보다 훨씬 높다는 것을 실감할 수밖에 없었다.

하지만 적요남정 또한 고수다. 그는 스스로 초절정에 벽에 다가갔다고 생각했다.

그는 장환(掌環)을 만들기 시작했다. 그의 손바닥 위로 붉은 덩어리가 단단하게 뭉쳐졌다.

"흐압!"

퓨슝!

장환이 검을 향해 쏘아져 나갔다. 이미 본신이 저 멀리 나아간 이상 직접적으로 검을 때려 주인과의 연결을 약하게 만드는 것이 더 효과적이었다.

그러나 그렇게 간단히 볼 정도로 진산의 내공은 얕지 않았다.

퍽!

진산의 검이 가볍게 적요남정의 장환을 내려쳤다. 마치 안개를 베어낸 듯 적요남정의 장환이 부서져 버렸다.

"어라?"

적요남정은 믿을 수 없다는 듯이 진산의 검을 노려보았다. 그는 다시 장환을 만들었다. 장환 하나가 강기를 단단하게 뭉친 것과 같아 보기와는 달리 절정에 이른 고수라 해도 하나 만드는 것도 빠듯하다. 그래도 적요남정 정도의 수준이 되니까 조금은 여유롭게 장환을 만들어낼 수 있었던 것이다.

그것을 본 진산의 검은 더욱 강한 힘을 뿜어냈다. 처음에는 가볍게 상대하고 넘기려 했지만, 상대가 끈질겼다. 이럴 때는 확실하게 우위를 보여줄 필요가 있었다.

부우웅!

진산의 검이 울기 시작했다. 그의 검에서 꾸역꾸역 회색 빛깔의 기가 뿜어져 나왔다. 강기는 아니었지만, 검기라 해도 회색의 기는 위력적이다.

'겨우 검기 정도로 나를 상대하려는 것인가?

하나 적요남정은 진산의 회색 검기, 최후의 초식인 번참을 몰랐다. 사실 그것을 알면서도 살아 있는 이는 오대악인과 십이장로들뿐. 그 강하다던 교주도 번참에 맞고 이 세상과 이별을 고했다. 그러니 적요남정이 알 턱이 없었다.

적요남정이 자신있게 장환을 들어 진산의 검에 달려들었다.

"받아라!"

그가 발걸음을 채 다 옮기기도 전에 진산의 검이 움직였다. 그것은 마치 빛살과도 같았다.

쐐애액!

그것은 단숨에 적요남정의 장환을 부수고 몸을 보호하던 호신강기도 잘라내며 그의 목덜미를 조금 베어냈다.

쿵!

검이 적요남정을 지나 땅에 깊숙이 꽂히며 무거운 소리를 흘렸다.

“켁!”

적요남정은 한마디 짧막한 비명 소리를 내뱉고는 털썩 기절했다. 외상 자체는 큰 것이 아니었지만, 내상과 더불어 심적으로 큰 타격을 받았기 때문이다.

휘리릭!

검이 땅에서 쑥 빠지더니만 빙그르르 돌아 진산이 있는 곳으로 향해 쏜살같이 날아들었다.

철컹!

그의 검이 허리춤에 걸린 검집에 들어가며 조용해졌다. 진산은 이기어검을 시전한 탓에 얼굴이 조금 창백해졌다. 내공이 많은 그로서도 이기어검의 상태에서 최후의 검식을 쓴다는 것이 상당한 무리였던 것이다. 더군다나 위력까지 감소시켜 살상이 아닌 위협으로 바꾼다는 것은 고도의 조종을 필요로 했다.

하지만 진산은 쉴 틈 없이 말을 몰았다. 아직도 갈 길이 멀었다.

*   *   *

중배는 동굴을 빠져나오며 그간의 일들을 떠올렸다.

내공의 증진은 이미 수준에 올랐고, 적화보전에 있는 무공들은 모두 자신의 것으로 만들었다. 그것을 완벽하게 익히지는 못했지만, 몇 가지 무공만은 이제 대성이란 말을 붙일 수 있을 정도까지 되었다.

"그래, 이 정도면 진산 그놈을 잡을 수 있겠지."

그가 있는 동굴은 섬서 낙천(洛川)에 있는 작은 산 구석이었다. 하오문의 시선을 피해 도망친 그는 다시 몰래 들어와 이곳에 뿌리를 박은 것이다.

내공이 수준에 오르자 무공도 그에 따라 빠르게 증진되었다. 그가 익힌 것이 대부분이 마공이나 사공인지라 그 무공 속도만큼은 그 무엇보다 빨랐다. 그래서 짧은 시간에 일정 성취를 끌어올린 것이다.

중배는 자신이 이제 절정고수라 불릴 자격이 있다고 생각했다. 구룡까지는 아니더라도 십대고수 안에는 들 수 있다고 생각했다.

'그래, 이 정도 힘이라면 동료의 복수도 하고 어느 세력에 들어가도 중책을 맡을 수 있을 것이다.'

정파가 아닌 사파나 마교에만 가도 그 실력에 맞는 대우를 해주니 지금 그의 실력이라면 어디라도 부족함없는 대우를 받을 것이다.

물론 사파가 쫄딱 망하지 않고, 마교는 최대의 혼란기를 맞은 상황만 아니었다면 말이다.

"그래, 이제 나도 절정고수다! 크하하하!"

두두두두!

그렇게 광소하고 있던 중배의 앞으로 말 한 마리가 빠르게 지나갔다. 뿌연 먼지가 그의 앞에 뿌려졌다.

"젠장, 어떤 놈이야? 어떤 녀석인지 잡히기만 해봐라, 새로운 무공을 익힌 기념으로 이 몸의 첫 희생자로 만들어주마."

팟!

중배가 땅을 박찼다. 산속을 달리는 그의 신법은 이미 절정이라 말할 수 있을 정도로 빨랐다. 오랫동안 달리느라 지쳐버린 말을 따라잡는 데 긴 시간은 필요하지 않았다.

진산은 누군가 빠른 속도로 다가오자 인상을 찌푸렸다.

'또냐?'

그는 섬서를 가로지르고 있었다. 이제 조금만 더 가면 하남에 도착할 수 있을 것이다. 하지만 시간이 촉박했다. 동의맹이 하남에 있는 것은 맞지만, 섬서와 맞닿은 곳에 있는 곳이 아닌 중심에 있기 때문이다.

진산은 다가오는 이를 보며 검을 날렸다. 전에 적요남정을 상대했던 것처럼 이기어검을 날린 것이다.

'헉! 이기어검!'

중배는 상대가 이기어검을 날리자 깜짝 놀랐다. 이기어검은 검을 다루는 고수들 중 절정에 이른 자만이 가능한 것이었다. 중배 역시 절정고수라고는 하지만 절정에 이른 지 얼마 되지 않았다. 그리고 폐관수련을 막 마친 참이라 같은 반열의 고수를 상대하라면 자신이 없었다.

피융!

검이 자신을 노리고 날아들자 중배는 재빨리 땅으로 굴렀다. 무림인들이 기피하는 나려타곤이었다.

쾅!

검이 땅을 때리자 땅거죽이 일어섰다. 그 위력에 중배는 다시 한 번 놀랐다.

"강하다!"

중배는 이기어검의 위력으로 상대가 자신이 가진 내력보다 많다는 사실을 느꼈다.

하지만 그는 포기하지 않고 진산을 향해 신법을 펼쳤다. 상대가 내공이 많다고 하지만, 말을 달리면서 자신과 싸울 수는 없을 것이다. 또 말의 상태를 보아하니 상당히 오랜 시간을 달려온 것을 알 수 있었다.

'녀석은 지쳤어. 그러니까 이런 일격필살로 나를 노린 거겠지. 그렇다면 내가 이길 수도 있다!'

위험 부담이 없는 상대였다. 그렇다면 같은 수준이든 아니든 간에 싸워볼 만했다. 폐관수련의 효과가 어느 정도인지 확인할 겸 말이다.

반면 진산이 상대가 끝까지 쫓아오자 짜증이 치밀어 올랐다. 적요남정이 검을 상대한 반면, 중배는 이기어검의 검보다는 자신을 직접 치기로 마음먹은 듯했다.

'내가 신법에 제법 공을 들였거든? 너 정도는 가뿐히 따라

잡는다!

애초에 중배는 진산을 상대로 무공을 익혔다. 상대가 자신보다 무공이 강하니 정면 승부보다는 신법을 이용한 편법으로 이길 생각을 하고 있었던 것이다. 동굴은 좁았지만, 신법을 익히기에는 부족함이 없었다. 적화보전에 나온 신법은 제법 고매한 것인지라 중배는 곧 진산을 따라잡을 수 있었다.

"아니!"

중배는 진산을 보고는 깜짝 놀랐다. 폐관수련을 하는 동안 끊임없이 떠올렸던 목표였다.

그러나 진산은 그를 기억하지 못했다. 애초에 중원에서 그가 기억하는 자라고는 교주랑 오대악인, 사마 군사, 십이장로 중 몇, 그리고 오대세가의 사람들 정도였다. 몇 명 더 있기는 했지만 그리 중요하지 않은 사람들이라 조금씩 잊혀져 가고 있었다.

진산이 겨우 중배 따위를 기억할 리 만무했다.

"네놈!"

그는 수하를 죽인 자였다. 정확히는 자신의 수하를 죽인 자의 주인이었지만, 어쨌든 적이기는 마찬가지였다.

'또 팔 한 짝이 없어?'

적요남정처럼 중배도 한 팔이 없었다. 적요남정은 천소지에게 베였지만, 중배는 부단장에게 베였던 것이다.

진산은 짜증이 치밀어 올랐다. 상대가 검이 아닌 자신을 직접 공격해 오는 이상 말을 타고 피하기란 불가능했다. 무림인의 신법은 말이 감당할 만한 것이 아니었다. 그렇다고 진산이 말에서 내려 신법을 펼칠 수는 없었다. 검왕과 싸우기도 전에 힘을 뺄 수는 없는 것이다. 검왕은 힘 빼고도 이길 정도로 나약한 상대가 아니었다.

어쩔 수 없이 진산은 말고삐를 잡아당겼다. 말이 속도를 늦추더니만 이내 발걸음을 멈추었다.

"넌 또 뭐야?"

진산이 대뜸 물었다. 짜증이 치밀어 올랐다. 그래도 초절정에 올라섰기에 주먹보다는 말이 먼저 나왔다. 그전이었더라면 먼저 일장을 때려 상대를 죽였을 것이다.

중배는 진산의 물음에 인상을 썼다. 자신을 기억하지 못하는 것이다. 하긴 일면식도 가지지 않았으니 기억하기란 무리가 있었다. 자신이야 용모파기로 그의 얼굴을 알고 있었으나 상대가 직접적으로 관련이 없으니 자신까지 신경을 쓸 리는 없었기 때문이다.

그래도 폐관수련 내내 목표로 삼았던 자인지라 자신을 생각하지 못하자 조금 화가 났다.

"네놈을 죽이러 온 사신이다!"

"뭐?"

중배의 말에 진산은 어처구니없다는 듯 대꾸했다. 지금 그는 마왕을 죽이고 검왕까지 죽이러 가는 길이었다. 현재 그를

상대로 사신이니 뭐니 지껄일 수 있는 이는 검왕 정도뿐이었
다.

진산은 어처구니가 없어서 말이 나오질 않았다.

중배는 진산이 대꾸하지 않는 이유가 몸을 사린다고 생각
했다. 지친 상태에서 자신과 비슷한 수준에 이른 상대가 적으
로 나타났기에 무리라고 생각했기 때문이다.

“너…… 흡성대법 익혔나?”

진산은 중배의 몸에서 풍기는 기운이 사마휘진과 비슷하
다는 사실을 느꼈다.

“어? 어떻게 알았지?”

중배는 깜짝 놀라 뒷걸음질쳤다. 흡성대법을 익힌 자는 무
림공적이다. 하오문의 공적이 되어 죽을힘을 다해 도망쳤다.
그런데 무림 전체를 상대로 한다면 정말 미칠 것이다.

‘아니다. 이놈만 죽이면 아무도 모르겠지.’

중배는 살인멸구를 생각했다, 어차피 진산을 죽이려 했으
니까.

쉬이익!

어디선가 바람 소리가 들렸다. 중배는 목 언저리가 시원해
지는 것을 느꼈다.

“어라?”

그의 시선이 점차 땅으로 떨어졌다. 진산이 인상을 찌푸리
며 돌아서고 있었다. 중배는 그를 막으려 했다. 그가 대성한

조법도 보여주고 싶었고 장법도 보여주고 싶었다. 그런데 몸이 마음대로 움직여지지 않았다. 그의 시야가 점차 검게 변하기 시작했다. 그에 따라 의식도 멀어졌다.

툭!

진산의 검이 다시 검집으로 돌아오고 중배의 머리가 땅으로 떨어졌다.

"별 시답잖은 녀석을 다 보겠네."

진산이 다시 말을 몰았다. 이제 동의맹까지 거의 다 왔다.

진산이 떠난 뒤엔 중배의 시체만이 덩그러니 남아 있었다.

第二十九章

검왕(劍王) 단우극(丹旿克)

섬서와 하남을 잇는 곳에 삼문협(三門峽)이라는 곳이 있다. 긴 강줄기의 폭이 갑자기 넓어지는 곳으로 하남의 주요 무역지이자 관광지이기도 했다.

그곳에 수십 척의 배가 서 있었다. 배 밑 부분이 평평한 평저선들로, 열 명이 겨우 탈까 말까 한 작은 배들이었다.

그 가운데 검왕이 오롯이 서 있었다. 무수한 군중들이 제각각 배에 타 그를 지켜보고 있었지만, 검왕 곁으로는 가려 하지 않았다.

두두두!

한참을 기다리던 그때, 진산이 말을 몰아 다가왔다. 여기서 배를 타면 동의맹이 있는 곳까지 곧바로 갈 수 있다. 배를 탄 뒤 쉬면서 지친 몸을 달래려 하는 것이다.

그런 진산의 생각과는 달리 검왕은 미리 이곳에 와 진산을 기다리고 있었다.

"어라? 여기에 왜 검왕이……."

이미 마교에서 본 용모파기를 통해 검왕의 외모를 알고 있던 진산이었다. 그의 안력에 강 중심에 떠 있는 평저선 위에 검왕이 서 있는 것이 보였다.

검왕 또한 진산을 용모파기로 보았기에 그가 다가온 것을 알 수 있었다.

"운기조식할 시간을 주어야 하는가!"

진산이 말한 육십 일이 얼마 남지 않았다. 여기서 동의맹까지 배를 탄다면 거의 시간에 맞춰 도착할 것은 분명하나, 배를 구하지 못한다면 며칠 기다려야만 할 것이다.

그런데 상대가 이렇게 미리 나와 있으니 굳이 동의맹까지 갈 필요가 없었다.

진산은 고개를 저었다. 적들이 가득한 마당에 운기조식 따위를 할 수는 없었다. 그것은 그대로 '나 좀 죽여줍쇼' 하는 꼴과 다르지 않았다.

"필요없다."

파라락!

진산이 말 위에서 신형을 날렸다. 의수를 한 상태에서도 그의 신법은 어색하지 않았다. 아니, 오히려 초절정에 이르러 그의 신법도 한층 더 수준이 높아져 있었다.

물 위를 부드럽게 달려간 진산은 검왕이 서 있는 평저선 중 하나에 올라섰다.

"반갑군."

진산이 검왕을 보며 웃었다. 검왕에게서 풍겨지는 기운이 마왕에 못지않았다. 무인으로서 고수와의 싸움은 언제나 즐거웠다.

반면 검왕은 웃고 있는 얼굴과는 달리 속이 타 들어가는 것을 느꼈다. 상대의 수준이 자신이 생각하는 것보다 더 높았다. 또 마교에서 이곳까지 오느라 제법 지쳤을 것이라 생각했던 것과 달리 상대는 피로함이 보이지 않았다.

초절정 정도 되니 달리는 말 위에서도 자신의 몸을 다스릴 수 있었던 것이다.

'해가 더 많은 싸움이 되겠군.'

하지만 아직까지는 자신이 있었다. 발 디디기 힘든 이곳에서 몸은 더욱 빨리 지쳐 갈 것이다. 지금은 괜찮다고 하지만 이미 체력을 많이 소모한 진산으로서는 오랜 시간 버틸 수 없을 것이다.

그리고 흔들림이 많은 배 위에서의 결투는 땅 위에서와는 다른 움직임이 필요했다. 검왕은 오랜 경험이 있기에 그럭저럭 자유롭게 싸울 수 있었다. 하나 아직 어린 진산이 그런 것을 겪었을 것이라 생각하지 않았다.

검왕은 진산을 악귀가 아닌 중원에 알려진 귀왕으로서 알고 있었다. 그리고 그것은 크나큰 오류가 있었다.

"왜 나에게 도전을 했는지에 대한 질문은 하지 않아도 되겠지?"

검왕이 진산에게 물었다. 진산은 고개를 끄덕였다.

"무인이 강한 자에게 도전하는 것에 이유가 있습니까?"

"물론 없지."

스르릉!

두 사람의 검이 검집에서 뽑혀 나왔다.

'허어!'

검왕은 역시 검왕이었다. 검을 뽑자 그의 기세가 달라졌다. 몸에서 풍기는 기운은 물론 검에서 뿜어져 나오는 기세가 진산의 몸을 사정없이 눌렀다.

진산이 기를 끌어올렸다. 마왕을 이기고 초절정에 오른 그였다. 그가 검왕에게 기세 면에서 꿇릴 이유가 없었다.

"대단하군."

검왕이 여유있는 척 말했다. 진산의 수준이 벌써 자신에 근접해 있다는 사실에 놀랐다. 외모는 겨우 이십대 후반 정도로 보이는데……. 환골탈태를 감안해서라도 결코 사십을 넘지 않았을 것이다. 그럼에도 진산은 초절정에 이른 것이다.

몇 년만 지나면 천하제일의 이름은 중원이 아닌 해남도에서 나올 뻔했다.

'그전에 제거해야 한다!'

검왕이 검병을 강하게 잡았다.

진산 또한 검왕을 향하는 눈빛이 곱지 않았다.

'형을 죽인 자다. 나의 가문을 몰아내고, 비극을 초래하게 만든 근원이다.'

그가 사마휘진을 밀어내지 않았더라면 그는 미치지 않았을 것이고, 사마세가 또한 온전히 남아 자신이 핏빛 길로 들어서지 않아도 되었을 것이다.

진산은 자신의 인생을 후회하지 않은 적이 없었다. 형이 떠난 십대의 중반의 나이 때부터 외로이 혈로를 걸었다. 해적에게 납치되어 팔려갈 뻔하고, 난파되어 지옥도에 간 것도 말이다.

마침 자신의 무공을 전하려던 다섯 명의 고수가 없었더라면 진산은 지옥도에서 생존하지 못하고 생을 마감했을 것이다.

그들 다섯 명의 무공이 그에게 전해진 것도 꼭 행운이라고 할 수 없었다. 지옥도에서 진산이 한 일은 그저 끊임없는 학살뿐이었다. 위지선을 키우면서 조그마한 인심을 유지할 수 있었던 것 외에는 그에게 기억이라고는 피 냄새가 지독히 나는 살육밖에 없었다.

지옥도를 나온 뒤에도 문주를 도와 해남도를 통합하느라

무수히 많은 살인을 했다. 학살이라 해도 무방할 정도로 너무도 많은 이들을 죽였다.

소년기, 청년기, 지금의 장년기까지 포함해 진산은 고독하고도 지독한 혈향이 가득한 곳에서 싸워왔다.

'그래, 이 싸움이 끝나면 그 누구도 존재하지 않는 곳에서 살자. 더 이상 가족도 없고 의지할 곳도 없으니…….'

떠날 때가 온 것이다.

진산의 검에서 토해져 나오는 회색 강기가 오늘 따라 구슬프게 울고 있었다.

고오오오오―!

"어떻게 될 것 같습니까?"

부단장이 자신의 상관이자 해룡단의 단장인 구천수(具千手)에게 물었다.

그들은 이미 진산이 오기 전에 관람객으로서 배에 올랐다. 또한 위급할 때 진산을 돕기 위해 만반의 준비를 갖추었다. 대락조의 오대고수들은 부근에 몸을 숨기고 언제라도 검왕을 노릴 준비가 되어 있었다.

부단장의 물음에 단장은 진산과 검왕을 번갈아 바라보았다. 그는 대락조 다음으로 강한 무력 단체를 가진 이다운 무공을 가지고 있었다. 그의 눈은 매와 같아 주위의 어설픈 무인과는 다른 관점으로 진산과 검왕을 보았다.

"쉽지 않은 싸움이 될 것이다. 진산님께서 질 리는 없지만…… 상처 없는 싸움이 되지는 않을 것이야."

단장은 그렇게 평가했다.

부단장 역시 그의 말에 고개를 끄덕였다. 얕은 그의 눈으로도 양상은 그렇게 보였다.

'설마 악귀가 지겠어?'

진산의 워낙 강대한 무공들을 직접 눈으로 보았던 부단장이기에 진산이 패한다는 사실은 상상도 할 수 없었다.

위지선은 멀리서 그들을 바라보고 있었다. 그녀의 등 뒤에 매달린 여섯 개의 병기가 꿈틀거리고 있었다. 이는 상상을 초월하는 고수들의 싸움을 앞에 둔 무인으로서의 그녀의 피가 끓고 있는 것이었다. 그리고 신병이라 불리는 이들 병기가 고수들에게 반응하는 것이기도 했다.

"진정해라. 아직 전투는 시작되지 않았다."

위지선이 어깨를 짚으며 말했다.

그녀의 말대로 검왕과 진산의 전투는 아직 시작되지 않았다.

쉬이익!

먼저 움직인 것은 검왕이었다.

그의 검은 총 여덟 초식으로 되어 있었다. 전 사초식 후 사초식으로 이루어진 그의 검법은 오랫동안 이어온 무림에서 가장 완벽하게 완성된 검법이라 불릴 정도로 검의 모든 것을 여덟 초식에 담았다.

검왕의 검이 부챗살처럼 펼쳐지며 진산을 포위했다. 검극이 날카롭게 휘어지며 진산을 향해 찔러들었다.

"크윽! 어림없습니다!"

진산이 목의 검을 시전했다. 그의 검 면에서 수십 개의 검가지가 자라났다. 빠른 성장을 보이는 그것은 길쭉하게 늘어나 검왕의 검들을 막아냈다.

"와아아아아—!"

검왕과 진산의 겨룸에 사람들의 함성이 터져 나왔다.

그들의 함성이 채 끝나기도 전에 검왕의 검이 움직였다. 그의 공격은 아직 끝난 것이 아니었다.

파악!

검왕이 칼이 진산이 있던 자리에 틀어박혔다. 진산의 신형은 어느새 사라져 있었다.

스윽!

진산이 검왕의 등 뒤에서 모습을 드러냈다. 그가 화의 검을 시전했다. 거센 불꽃 같은 그의 검은 검왕이 숨 쉬기도 힘들 정도로 강맹했다.

"흡!"

따당! 따다당!

검왕이 신음을 흘리며 진산의 검을 튕겨냈다.

"와아아아!"

다시 한 번 사람들의 함성이 터져 나왔다.

진산이 다시 움직였다. 검이 빠르게 회전했다. 목의 검인지 수의 검인지, 아니면 화의 검인지 모를 초식이 검왕을 향해 쏟아졌다.

"크윽!"

검왕이 다시 신음을 흘리며 검을 움직였다. 그의 검 또한 만만히 볼 것이 아니었다. 방어를 함과 동시에 반격을 했다.

팟!

검왕의 반격에 진산의 볼에서 피가 터졌다.

끼이익!

두 고수의 공방에 배가 출렁거렸다.

"대단하군."

"그 말은 방금 전에도 한 걸로 알고 있습니다만?"

검왕의 감탄에 진산이 이죽이며 답했다.

"아니, 정말로 대단해. 놀랍군. 자네의 나이에 그 정도의 무공을 가지다니!"

검왕의 감탄은 끊이질 않았다. 반은 진정 감탄하는 것이었고, 나머지 반은 그를 자만케 하기 위함이었다. 어린 이가 이 정도 무공을 완성시켰다면 오만한 마음을 가지지 않을 리 없었다. 칭찬하다 보면 그가 자만할 것이고, 실수를 유발할 수 있었다.

그것이 실패해도 좋았다. 그의 평정심을 약간이라도 흔들 수 있다면 그것만으로도 검왕은 만족할 수 있었다.

본래 고수들의 싸움이란 그런 것에서 승패가 결정되는 법이다.

"계속 떠들 겁니까? 이제 승부를 내야 하지 않겠습니까?"

하나 진산에게는 통하지 않았다. 그는 마왕에게 패함으로써 자만이라는 어리석은 감정을 버렸다. 그것이 얼마나 위험한지는 다리 하나를 잃어가면서 비싸게 치렀다. 이번 수업료는 다리 하나가 아니라 목이 날아간다. 방심은 금물이었다.

검왕은 진산의 말에 잠시 인상을 찌푸렸지만, 그 역시 초절정에 이른 고수답게 가볍게 풀어냈다.

"그럼, 가지."

쿠와아―앙!

검왕의 검이 거센 파도처럼 퍼부어졌다. 노도와 같은 공격에 진산이 재빠르게 배를 흔들었다. 천근추의 묘리로 무거워진 신체로 배를 자극한 것이다.

끼이익!

배가 급격히 기울며 검왕의 검로가 틀어졌다.

파아악!

검왕의 검이 갑자기 치솟더니 진산의 앞머리를 잘라냈다. 교묘하게 배를 흔들어 피했지만, 검왕은 역시 검왕이라는 이름답게 진산의 묘책에 빠르게 반응했다.

진산이 상체를 크게 뒤로 빼며 검왕의 검을 피했다. 그의 몸이 그대로 회전하며 검왕에게 뒷발차기를 날렸다.

파악!

검왕이 뒤로 한 걸음 물러나며 피했다.

진산은 그대로 한 바퀴 돌며 검왕을 향해 뛰었다. 달려오는 진산을 본 검왕이 검을 하늘을 향해 치켜들었다. 진산은 검을 뒤로 민 채 더욱 빠르게 신법을 펼쳤다.

슈욱!

카앙!

주위의 공기가 부서지며 두 사람의 검이 부딪쳤다. 강기가 맺힌 두 개의 검이 부딪치자 배가 또다시 몸을 비틀었다.

촤아아—악!

그 두 사람의 기세에 따라 주변에서 파도가 몰아쳤다.

"아무래도 힘들 것 같죠?"

부단장이 단장의 옆구리를 쿡 찌르며 말했다. 두 사람의 싸움의 양상이 너무 치열했다. 어찌 보면 대화까지 나누는 여유가 있는 듯했지만, 진산은 검왕에게 생채기 하나 못 냈고, 검왕 또한 진산의 살가죽을 조금 베어냈을 뿐이었다.

단장이 고개를 끄덕였다. 그 역시 부단장과 같은 생각이었다.

"두 사람이 서로의 실력을 알았으니 이제 일격으로 그 끝을 보겠지."

"에이~ 그럼 너무 시시한데요? 좀 더 피가 튀길 것 같은데……."

단장의 말에 부단장이 피식 웃으며 말했다. 하나 그 또한 이 결투가 허무하게 끝날 것이라고 생각했다. 고수의 싸움은 언제나 한 끗발의 싸움이니 말이다.

만약 이것이 전쟁이었더라면, 난전 중에서 일어난 싸움이었더라면 부단장이 원하는 것처럼 피가 터지는 상황이 벌어졌을 것이다. 하지만 지금은 그러한 상황이 아닌 일 대 일의 전투였다.

"주의 깊게 봐라. 초절정고수들의 싸움은 쉽게 볼 수 있는 것이 아니다."

"예에~"

단장의 일침에 부단장이 힘없이 대답했다.

"어떻게 할까요?"

황금충이 위지선에게 다가와 물었다. 위지선의 주위에는 황금충뿐 아니라 다른 대락조가 모두 모여 있었다. 이미 그들도 상황을 읽은 상태였다.

진산과 검왕의 일격 승부라면 그들이 끼어들 틈 따윈 없었다. 그 둘의 일격이 끝나면 둘 중 하나가 필멸이니 간섭은 무리였다.

“그를 믿는다. 우리가 할 일은 그것뿐이다.”

위지선이 진산과 검왕을 바라보며 단언했다.

“마지막 승부를 내지. 쓸데없는 소모전은 필요없지 않은가?”

“그러죠.”

검왕의 제안에 진산이 수락했다.

탕!

두 사람의 신형이 동시에 튕겨지더니 배 끝편으로 자리 잡았다. 최후의 초식이니만큼 준비할 시간이 필요했다.

검왕이 기를 끌어 모으기 시작했다. 그의 검이 손을 떠나 두둥실 떠올랐다. 검이 검왕의 등 뒤로 쭉 늘어나 거대한 탑처럼 서 있었다.

팽그르르—!

검왕의 검이 그의 뒤로 돌더니만 환영처럼 그 수가 늘어났다.

‘모두 진짜야.’

진산은 식은땀을 흘렸다. 감당하기 힘든 거력이 담긴 검이 하나가 아닌 수십 개였다. 그로서는 긴장하지 않을 수 없었다.

검왕이 자신의 최후 초식을 꺼내는 동안 진산도 번참을 준비했다. 사실 번참은 초식이라기보다는 잿빛 검기다. 검왕의 검을 상대하기 위해서는 최대한 기를 끌어 모을 필요가 있었다.

부우우웅!

그의 검 위로 회색의 강기가 물밀듯이 흘러나오기 시작했다.

'감탄이 끊이질 않는군.'

검왕은 진산의 회색 강기를 보며 또 놀랐다. 그저 색이 다른 강기가 아닌 모든 것을 소멸시키는, 그야말로 악귀 같은 기였다.

탕!

동시에 두 사람의 검이 움직였다. 검왕의 검이 섬전처럼 날아가 사방으로 퍼졌다. 진산의 신형이 빠르게 검왕에게로 향했다. 검왕의 검이 허공에서 진산을 노리고 날아들었다.

쿠아아앙!

진산보다 검왕의 검이 좀 더 빨랐다. 검왕에게 다가기도 전에 그의 검이 진산을 가로막았다.

'역시!'

진산은 검을 던졌다. 이기어검 중 심어검이었다.

휘리릭!

그의 주위로 한 바퀴 돌며 검왕의 모든 검과 마주했다.

캉! 캉! 캉!

검왕의 검과 부딪칠 때마다 진산의 안색이 파리하게 질려갔다. 하나 검왕의 검이 진산의 검에 족족 깨어져 나가자 검왕의 안색 또한 하얗게 변하기 시작했다.

"크으윽!"

"으으윽!"

두 사람의 입에서 동시에 신음이 흘러나왔다.

하나 검왕이 우세인 것은 확실했다. 진산은 방어에만 치중하나 검왕의 검은 제대로 진산을 노리고 있었다. 수십 개의 검 중 겨우 절반 정도밖에 상대하지 않았는데 벌써 진산은 죽을상을 하고 있었다.

'그래, 그렇게 죽는 것이다. 나의 만검(萬劍)에 의해서 말이다!'

검왕이 히죽 미소를 지었다. 승패는 명확했다.

"이길 것 같죠?"

진산의 입을 비죽이고 말이 튀어나왔다. 검왕은 진산의 도발에 여유로운 미소로 답해주었다.

퉁!

진산이 배를 가볍게 밀어내며 튀어 올랐다. 검왕의 신형이 잠시 흔들렸다. 배 위에서의 전투에는 해남도에서 피 흘리며 싸워온 진산이 월등히 유리했다. 검왕은 진산의 출신을 간과했다.

검왕이 놀라는 사이 진산의 신형이 빠르게 날아들었다. 그것은 마치 비호와도 같은 몸놀림이었다.

"아쉽게도 저의 무기는 검만이 아닙니다!"

검왕이 파리하게 질려 만검을 불러들이려 했다. 남은 만검으로 진산을 막으려 한 것이다. 하나 그의 검은 여전히 진산을 상대하고 있었다.

진산이 씨익 미소를 지었다.

"당신이 진 겁니다."

진산의 다리가 검왕의 다리를 후려쳤다.

빠각! 하는 파열음과 함께 검왕의 신형이 무너졌다. 진산은 무너지는 검왕의 머리를 향해 주먹을 날렸다. 그의 주먹에는 회색의 강기가 강맹하게 소용돌이치고 있었다.

퍽!

너무도 허무한 파열음과 함께 검왕의 머리가 피륙이 되어 터져 나갔다.

땡그랑!

검왕의 검이 사라지고 진산의 검 또한 힘을 잃고 떨어졌다. 진산이 검을 주워 다시 자신의 검집에 넣었다. 그의 입가에는 희미하지만 시원한 듯한 미소가 걸려 있었다.

풍덩!

검왕의 몸이 강 밑으로 떨어졌다. 그에 따라 강물이 출렁였다.

끼이익! 끼익!

배가 흔들리며 비명을 질렀다.

검왕과의 싸움이 끝이 났다.

    *   *   *

모두가 그 결과에 숨을 죽였다. 믿을 수도 없었고, 믿고 싶지도 않았다. 하나 그렇다고 하여 사실이 달라지지는 않았다. 해남도에서 온 한 마리의 악귀가 세상을 뒤엎은 것이다.

속죄자들은 동의맹 내 비밀 회의실에서 긴급하게 모였다.

"그가 죽었소."

"빌어먹을! 그렇게 무공이 강하다고 잘난 척하더니!"

"우리는 이제 그 귀신의 손바닥 안에 들어가 버렸다."

그들은 혼란을 멈출 수 없었다. 머리를 잃은 그들은 그야말로 혼비백산했다.

끼이익!

그때 비밀 회의실 문이 천천히 열렸다.

"누구냐!"

도복을 입은 복면인이 목청을 높였다.

"누구냐고? 나야 나."

문밖에서 빛살과 함께 하나의 목소리가 들려왔다.

"진산이라고."

동의맹 내 비밀 회의장 안이 각파 장로들의 피로 물들었다. 이 사실은 가뜩이나 혼란스런 중원을 또다시 뒤집어놓았다.

*   *   *

진산이 검왕과 생사투를 벌인 지 벌써 사십 일이 지났다. 그동안 동서무림의 상황은 더욱 악화되었다.

동의맹 내에서 서무림 측 팔대문파 장로들의 시체가 발견된 것이다. 사파가 망하고 마교가 흔들려 봉문에 가까운 상황에 처해 있는 현실이었다. 이제 정파만이 남아 있는데, 그런 그들의 싸움을 더욱 가속화시키는 일이 생긴 것이다.

덕분에 중원은 다시 시끄러워졌다. 서로가 서로를 죽이며 자멸해 갔다.

그 끝이 보이지 않는 웅대한 사막. 시뻘겋게 달아오른 사막의 모래 위에 한 사내가 서 있었다. 중원을 그토록 흔들어댄 사내.

바로 진산이었다.

"언제까지 쫓아오려고?"

"돌아온다고 하지 않으셨습니까?"

진산의 물음을 무시한 채 위지선이 반문했다. 진산은 인상을 살짝 찌푸렸으나 이내 그녀의 말에 답했다.

“할 일이 끝났으니 여행이나 떠나보려고.”

“현재 해남파에는 주인이 없습니다. 당신마저 떠나신다면 해남파가 무너질지도 모릅니다.”

“너희들이 있잖아. 해남파는 너희들에게 맡길게.”

“당신은 해남도의 상징입니다. 중원의 강자들을 꺾으신 존재이십니다. 모든 해남도의 사람들이 당신만을 기다립니다. 그것을 배신할 생각이십니까?”

위지선은 평소와 다르게 역정을 토했다.

“아, 그럴 생각이야. 솔직히 말해서 이제 지쳤어. 싸우는 것도, 무림이라는 것도……”

진산이 씁쓸하게 웃으며 말했다.

그의 말에 위지선은 어쩔 수 없다는 듯이 입을 열었다. 그녀의 몸에서는 전과 다른 살기가 흐르기 시작했다.

“가지 않으신다면 해남파를 위해 당신을 제거할 수밖에 없습니다.”

“네가? 나를?”

진산이 피식 웃으며 기를 끌어올렸다. 이제 지존의 자리에 오른 그였다. 그 누구도 그의 상대가 될 수 없었다.

위지선이 진산의 기세에 손을 가볍게 튕겼다.

따악!

내공이 담긴 그 소리에 모래가 뒤집어졌다. 그 안에서 수백 개의 인영이 튀어나왔다.

“해남파를 말아먹을 생각인가?”

진산이 태연하게 그들을 둘러보며 말했다. 이들을 모두 몰살시킬 수 있다는 자신감에서 나온 말이었다.

위지선은 고개를 저었다. 그녀의 뒤로 네 명의 사내가 모습을 드러냈다. 염일도, 빙월창, 암영자, 황금충. 대락조원들이었다.

“저희의 마지막 비기(秘技)를 보여 드리겠습니다.”

“호오~ 그래? 기대되는걸?”

대락조와 진산 사이에 거대한 살기가 꿈틀거렸다.

“유언은?”

위지선이 슬며시 물었다.

“없다!”

챙!

진산의 검이 벼락처럼 움직였다.

최강의 존재와 최강의 전투 부대의 싸움이 이 드넓은 사막에서 시작되었다.

終章

“ㄲ웅차! 으차차차!”

철노가 천산을 오르고 있었다. 무공도 없는 그가 높디높은 천산을 오르는 것은 쉽지 않았다.

끝내 그의 노력이 결실을 보였을까? 정상에 도착할 수 있었다. 천산의 정상에는 낡은 초가집과 정원이 펼쳐져 있었다.

“휴우~ 이거 늙어서 웬 고생이람.”

철노가 한숨을 토해내며 중얼거렸다.

“일은 모두 마쳤나?”

철노 곁으로 백색의 도복을 입은 노인이 모습을 드러냈다. 선인 같은 차림과 달리 노인의 인상은 매우 날카로웠다. 하나

남은 외눈에서 흉흉한 기세가 뿜어져 나오고 있었기 때문이
다.

노인의 말에 철노는 한숨을 푹 내쉬고는 입을 열었다.

"속죄자들은 이미 사라졌고, 동서무림의 힘의 균형을 맞췄
던 마왕과 검왕은 진산의 손에 죽었습니다. 지금 중원은 정
사, 동서가 전쟁을 벌이고 있습니다. 그 피해가 워낙 막심해
이십 년도 채 지나지 않아 무림은 이 세상에서 사라질 것으로
보입니다."

철노의 보고에 노인이 씩 미소를 지었다. 오랜 세월의 숙원
이 해결되는 것이었다.

노인은 문득 무언가 떠올랐다는 듯이 입을 열었다.

"그래, 진산은 어떻게 되었나?"

"대락조와 해남파의 무사들에 의해 명을 달리했습니다. 진
산도 진산이지만, 이 시대 최강자를 상대로 싸운 해남파의 저
력도 굉장했습니다."

"허어!"

철노의 보고에 노인이 감탄성을 내뱉었다.

"노사께서 지원하신 무공과 신병들의 덕도 있었지만, 그들
이 정말 진산을 죽일 수 있을 줄은 몰랐습니다. 뭐, 그들의 피
해도 만만치 않았지만."

철노는 진산과 떨어져 있는 동안 노인의 명에 따라 진산을
도운 것처럼 대락조를 만나 그들을 도운 것이다. 그것이 결국

진산을 향하게 될 줄은 그때의 그들로서는 꿈에도 몰랐을 것이다.

노인은 미소를 지우지 않았다.

"드디어 일이 끝나는구나!"

노인의 눈에서 또르르 눈물이 흘러내렸다. 백 년이 넘는 시간 동안 우화등선을 포기하며 행한 일이었다. 우화등선도 하지 않은 채 세상을 등지면서까지 계획한 일이 드디어 마무리된 것이다.

"경하드립니다, 곤륜비상(崑崙飛上)이시여!"

푸드득!

한 마리의 매가 천산 높이 날아들었다. 천천히 비상하던 매는 점차 떨어지기 시작하더니 중원으로 내려서 그 아래의 사람들을 훑어보았다.

무림인들은 피를 튀기며 전쟁을 하고 있었다.

무림의 그 끝을 향해…….

『해남번참』完

드디어 해남번참이 막을 내렸습니다. 시원섭섭하다고 할까요? 무거운 짐을 덜어낸 기분도 들고, 더 이상 진산과 부단장을 볼 수 없다는 것에 안타까운 마음이 듭니다.

해남번참 다섯 권을 쓰는 동안 진산이 중원 동서를 가로지르며 제대로 무림을 뒤집었습니다.

동서무림의 수장이자 최고수를 죽이고, 사파 연합은 망하고…….

해남번참을 쓰기 이전인 곤륜비상을 쓰면서 저는 '무림은 왜 필요한가?'에 대해 생각해 봤습니다. 무림이 존재함으로써 일반 백성들은 나라에 세금을 내고, 무림인들에게 보호를 받는다는 명목으로 돈을 냅니다. 그리고 무림이 전쟁이라도 한다면 무림인들도 그렇지만 백성들의 피해도 만만치 않죠. 게다가 그들은 마치 자신들이 지배자인 양 행세합니다. 곤륜비상에서 해남번참으로 넘어가며 저는 무림은 존재하지 말아야 한다는 이야기를 바탕으로 써보았습니다.

이야기의 뒷배경은 그러했고, 저의 처녀작으로서 해남번참은 보고 싶은 것과 쓰고 싶은 것을 절반씩 넣었습니다. 전자의 경우는 먼치킨인 주인공에 다소 가벼운 부단장이 그렇고, 후자의 경우는 주인공이 협객이나 선인이 아닌 악인으로서의 모습과 멸망해 가는 무림의 모습입니다.

저는 글의 설정을 잡을 때 색깔을 정하는데, 곤륜비상의 경우는 어두운 하늘색이었고 해남번참의 경우는 갈색이었습니다. 다음은 무슨 색이 될지 모르겠습니만 전작보다 어둡지는 않을 듯싶습니다.

늦은 원고에 항상 힘드셨던 서지현 기자님과 해남번참을 출판까지 이르게 해주셨던 김율 팀장님, 장상수 차장님, 문혜영 부장님, 청어람 식구들, 저에게 많은 조언을 주셨던 청어람 작가 분들, 그리고 해남번참을 읽어주신 독자 분들 모두 감사합니다.

마지막으로 저를 낳아주시고 키워주신 부모님께 감사의 인사를 드립니다.